LES SCRUPULES DE MAIGRET

OUVRAGES DE GEORGES SIMENON

AUX PRESSES DE LA CITÉ

COLLECTION MAIGRET

Mon ami Maigret
Maigret chez le coroner
Maigret et la vieille dame
L'amie de Mme Maigret
Maigret et les petits cochons sans queue
Un Noël de Maigret
Maigret au « Picratt's »
Maigret en meublé
Maigret, Lognon et les gangsters
Le revolver de Maigret
Maigret et l'homme du banc
Maigret a peur
Maigret se trompe
Maigret à l'école
Maigret et la jeune morte
Maigret chez le ministre
Maigret et le corps sans tête
Maigret tend un piège
Un échec de Maigret
Maigret s'amuse
Maigret à New York
La pipe de Maigret et Maigret se fâche
Maigret et l'inspecteur Malgracieux
Maigret et son mort
Les vacances de Maigret
Les Mémoires de Maigret
Maigret et la Grande Perche
La première enquête de Maigret
Maigret voyage
Les scrupules de Maigret
Maigret et les témoins récalcitrants
Maigret aux Assises
Une confidence de Maigret
Maigret et les vieillards
Maigret et le voleur paresseux
Maigret et les braves gens
Maigret et le client du samedi
Maigret et le clochard
La colère de Maigret
Maigret et le fantôme
Maigret se défend
La patience de Maigret
Maigret et l'affaire Nahour
Le voleur de Maigret
Maigret à Vichy
Maigret hésite
L'ami d'enfance de Maigret
Maigret et le tueur
Maigret et le marchand de vin
La folle de Maigret
Maigret et l'homme tout seul
Maigret et l'indicateur
Maigret et Monsieur Charles
Les enquêtes du commissaire Maigret (2 volumes)

ROMANS

Je me souviens
Trois chambres à Manhattan
Au bout du rouleau
Lettre à mon juge
Pedigree
La neige était sale
Le fond de la bouteille
Le destin des Malou
Les fantômes du chapelier
La jument perdue
Les quatre jours du pauvre homme
Un nouveau dans la ville
L'enterrement de Monsieur Bouvet
Les volets verts
Tante Jeanne
Le temps d'Anaïs
Une vie comme neuve
Marie qui louche
La mort de Belle
La fenêtre des Rouet
Le petit homme d'Arkhangelsk
La fuite de Monsieur Monde
Le passager clandestin
Les frères Rio
Antoine et Julie
L'escalier de fer
Feux rouges
Crime impuni
L'horloger d'Everton
Le grand Bob
Les témoins
La boule noire
Les complices
En cas de malheur
Le fils
Le nègre
Strip-tease
Le président
Dimanche
La vieille
Le passage de la ligne
Le veuf
L'ours en peluche
Betty
Le train
La porte
Les autres
Les anneaux de Bicêtre
La rue aux trois poussins
La chambre bleue
L'homme au petit chien
Le petit saint
Le train de Venise
Le confessionnal
La mort d'Auguste
Le chat
Le déménagement
La main
La prison
Il y a encore des noisetiers
Novembre
Quand j'étais vieux
Le riche homme
La disparition d'Odile
La cage de verre
Les innocents

MÉMOIRES

Lettre à ma mère
Un homme comme un autre
Des traces de pas
Les petits hommes
Vent du nord vent du sud
Un banc au soleil
De la cave au grenier
A l'abri de notre arbre
Tant que je suis vivant

GEORGES SIMENON

LES SCRUPULES DE MAIGRET

PRESSES DE LA CITÉ

IL A ÉTÉ TIRÉ DE CET OUVRAGE 100 EXEMPLAIRES DE LUXE SUR CELLUNAF, NUMÉROTÉS DE 1 A 100, CONSTITUANT L'ÉDITION ORIGINALE.

ISBN 2-258-00067-X

CHAPITRE PREMIER

LE VISITEUR DU MARDI MATIN

Cela n'arrive guère plus d'une fois ou deux par an au Quai des Orfèvres, et parfois cela dure si peu qu'on n'a pas le temps de s'en apercevoir : tout à coup, après une période fiévreuse, pendant laquelle les affaires se suivent sans répit, quand elles n'arrivent pas à trois ou quatre à la fois, mettant tout le personnel sur les dents au point que les inspecteurs, faute de sommeil, finissent par avoir l'air hagard et les yeux rouges, tout à coup c'est le calme plat, le vide, dirait-on, à peine ponctué de quelques coups de téléphone sans importance.

Cela avait été le cas la veille, un lundi, il est vrai, jour plus creux que les autres et, à onze heures du matin, telle était encore l'atmosphère du mardi. A peine si, dans le vaste couloir, traînaient, mal à l'aise, deux ou trois indicateurs miteux qui venaient faire leur rapport et, dans le bureau des inspecteurs, tout le monde, hormis les grippés, était à son poste.

Alors qu'en cas d'urgence Maigret manquait généralement d'effectifs et qu'il avait toutes les peines du monde à trouver assez d'hommes à mettre sur une affaire, il aurait pu disposer, aujourd'hui, de sa brigade presque au complet.

Il est vrai qu'il en était de même un peu partout dans Paris. On était le 10 janvier. Les gens, après les fêtes, vivaient au ralenti, avec une vague gueule de bois, la perspective du terme proche et des déclarations d'impôts.

Le ciel, à l'unisson des consciences et des humeurs, était d'un gris neutre, du même gris, à peu près, que les pavés. Il faisait froid, pas assez pour que ce soit pittoresque et qu'on en parle dans les journaux, un froid déplaisant, sans plus, dont on ne s'apercevait qu'après avoir marché un certain temps dans les rues.

Les radiateurs, dans les bureaux, étaient brûlants, accusant encore la lourdeur de l'atmosphère, avec de temps en temps des gargouillis dans la tuyauterie, des bruits mystérieux qui venaient de la chaufferie.

Comme des écoliers, en classe, après les examens, les uns et les autres s'occupaient de ces menues besognes qu'on remet d'habitude à plus tard, découvrant dans les tiroirs des rapports oubliés, des statistiques à établir, de mornes tâches administratives.

Les gens dont on parle dans les journaux étaient presque tous sur la Côte d'Azur ou aux sports d'hiver.

Si Maigret avait encore eu son poêle à charbon, qu'on lui avait laissé si longtemps après l'installation du chauffage central mais qu'on avait fini par enlever, il se serait interrompu de temps en temps pour le recharger, tisonner en faisant tomber une pluie de cendres rouges.

Il n'était pas de mauvaise humeur ; il n'était pas en train non plus, et il s'était demandé un moment, dans l'autobus qui l'amenait du boulevard Richard-Lenoir, s'il ne couvait pas la grippe.

Peut-être était-ce sa femme qui le préoccupait ? La veille, son ami Pardon, le docteur de la rue Picpus, lui avait donné un coup de téléphone inattendu.

— Allô, Maigret... Ne dites pas à Mme Maigret que je vous ai mis au courant...

— Au courant de quoi ?

— Elle est venue me voir tout à l'heure et elle a insisté pour que je ne vous en parle pas...

Il n'y avait pas un an que le commissaire, lui aussi, était allé voir Pardon en lui recommandant de ne rien dire de sa visite à sa femme.

— Surtout, n'allez pas vous inquiéter. Je l'ai examinée avec soin. Il n'y a rien de grave...

Maigret était aussi lourd, la veille, quand il avait reçu ce coup de téléphone, que ce matin, avec devant lui le même rapport administratif à mettre au point.

— De quoi se plaint-elle ?

— Depuis un certain temps, elle s'essouffle en montant l'escalier et, surtout le matin, elle se sent les jambes lourdes. Rien d'inquiétant, je vous le répète. Seulement, sa circulation n'est pas tout à fait ce qu'elle devrait être. Je lui ai ordonné des comprimés à prendre à chaque repas. Je vous signale aussi, afin que vous ne vous étonniez pas, que je l'ai mise au régime. J'aimerais qu'elle perde cinq ou six kilos, ce qui lui soulagerait le cœur.

— Vous êtes sûr que...

— Je vous jure qu'il n'y a absolument rien de dangereux, mais j'ai cru préférable de vous mettre au courant. Si vous voulez m'en croire, faites semblant de ne vous apercevoir de rien. Ce qui l'effraie le plus, c'est que vous ayez du souci à cause d'elle...

Comme il connaissait sa femme, elle était sûrement allée acheter le médicament prescrit chez le premier pharmacien. Le coup de téléphone était du matin. A midi, il avait épié Mme Maigret qui n'avait pris aucun comprimé devant lui. Le soir non plus. Il avait cherché un flacon, ou une boîte, dans les tiroirs du buffet, puis, avec l'air de rien, dans la cuisine.

Où avait-elle caché son médicament ? Elle avait mangé moins, n'avait pas pris de dessert, elle qui en était friande.

— Je crois que je vais me faire maigrir un peu, avait-elle lancé en plaisantant. Je commence à éclater dans mes robes...

Il avait confiance en Pardon. Il ne s'affolait pas. Cela le tracassait quand même ou, plus exactement, cela le rendait mélancolique.

Lui d'abord, l'année précédente, avec repos complet de trois semaines. Sa femme, à présent. Cela signifiait qu'ils avaient atteint tout doucement l'âge des menus ennuis, des petites réparations nécessaires, un peu comme les autos qui, tout à coup, ont besoin de passer presque chaque semaine au garage.

Seulement, pour les autos, on achète des pièces de rechange. On peut même installer un nouveau moteur.

Au moment où l'huissier frappa à sa porte, qu'il ouvrit comme d'habitude sans attendre de réponse, Maigret n'était pas conscient de ces cogitations. Il leva la tête de son dossier, regarda le vieux Joseph avec de gros yeux qu'on aurait pu croire endormis.

— Qu'est-ce que c'est ?

— Quelqu'un qui insiste pour vous voir personnellement.

Et Joseph, qui ne faisait aucun bruit en marchant, posait une fiche sur le coin du bureau.

Maigret lut un nom tracé au crayon mais, comme ce nom ne lui rappelait rien, n'y fit pas attention. Il devait seulement se rappeler que c'était un nom de deux syllabes, qui commençait probablement par un M. Seul le prénom lui resta dans la mémoire, Xavier, parce que c'était celui de son premier patron au Quai des Orfèvres, le vieux Xavier Guichard.

Sous les mots imprimés : « Objet de la Visite », il y avait quelque chose comme : « a absolument besoin de s'entretenir avec le commissaire Maigret ».

Joseph attendait, impassible. Il faisait assez gris dans le bureau pour qu'on allume les lampes, mais le commissaire n'y avait pas pensé.

— Vous le recevez ?

Il répondit oui d'un mouvement de tête, en haussant légèrement les épaules. Pourquoi pas ? L'instant d'après, on introduisait un visiteur d'une quarantaine d'années, dont l'aspect n'avait rien de particulier et qui pouvait être n'importe lequel des milliers d'hommes qu'on voit, à six heures du soir, marcher à pas pressés vers le plus proche métro.

— Je vous demande pardon de vous déranger, Monsieur le Commissaire...

— Asseyez-vous.

Son interlocuteur était un peu nerveux, pas toutefois d'une façon excessive, ému plutôt, comme tant d'autres qui pénétraient dans ce même bureau. Il portait un pardessus sombre, qu'il déboutonna avant de s'asseoir, garda d'abord son chapeau sur ses genoux puis, un peu plus tard, le posa à ses pieds sur le tapis.

Il sourit alors d'un sourire mécanique, signe de timidité sans doute. Après avoir toussoté, il prononça :

— Le plus difficile, n'est-ce pas, est de commencer. Bien entendu, comme tout le monde, j'ai répété je ne sais combien de fois dans ma tête ce que je vais vous dire mais, le moment venu, cela s'embrouille...

Un nouveau sourire, qui quêtait une approbation ou un encouragement du commissaire. Or, chez celui-ci, l'intérêt n'était pas éveillé. L'homme arrivait à un mauvais moment, alors qu'il avait l'esprit en sommeil.

— Vous devez recevoir des quantités de visites du même genre, des gens qui viennent vous entretenir de leurs petits affaires, persuadés qu'ils sont intéressants.

Il était brun, pas vilain garçon, encore qu'il eût le nez un peu de travers et la lèvre inférieure trop charnue.

— Je puis vous affirmer que ce n'est pas mon cas et que j'ai longtemps hésité à déranger un homme aussi occupé que vous.

Il avait dû s'attendre à un bureau encombré de dossiers, avec deux ou trois téléphones sonnant à la fois, des inspecteurs entrant et sortant, des témoins ou des suspects affalés sur les chaises. C'est d'ailleurs à peu près ce qu'il aurait trouvé un autre jour, mais son désenchantement ne fit pas sourire le commissaire, qui avait l'air de ne penser à rien.

En fait, il regardait le complet de son interlocuteur, se disait qu'il était de bonne étoffe et qu'il avait dû être coupé par un tailleur de quartier. Un complet d'un gris presque noir. Des souliers noirs. Une cravate neutre.

— Laissez-moi vous assurer, Monsieur le Commissaire, que je ne suis pas fou. Je ne sais pas si vous connaissez le docteur Steiner, place Denfert-Rochereau. C'est un neurologue, ce qui, je crois, est plus ou moins synonyme de psychiatre, et il a témoigné plusieurs fois comme expert dans des procès d'assises.

Les épais sourcils de Maigret se soulevèrent un peu, mais pas exagérément.

— Vous êtes allé voir Steiner ?

— Je suis allé lui demander une consultation, oui, et je vous signale, en passant, que ses consultations durent une heure et qu'il ne laisse rien au hasard. Il n'a rien trouvé. Il me considère comme complètement normal. Quant à ma femme, qu'il n'a pas vue...

Il s'arrêta, car son monologue n'était pas exactement celui qu'il avait préparé et il s'efforçait d'en retrouver le mot à mot. D'un geste machinal, il avait pris dans sa poche un paquet de cigarettes et n'osait pas demander la permission de fumer.

— Vous pouvez, dit Maigret.

— Je vous remercie.

Ses doigts étaient quelque peu maladroits. Il était nerveux.

— Je vous demande pardon. Je devrais me dominer mieux que ça. Je ne peux pas m'empêcher d'être ému. C'est la première fois que je vous vois en chair et en os, tout à coup, dans votre bureau, avec vos pipes...

— Puis-je vous demander quelle est votre profession ?

— J'aurais dû commencer par là. Ce n'est pas une profession très courante et, comme tant de gens, vous allez peut-être sourire. Je travaille aux Grands Magasins du Louvre, rue de Rivoli. Officiellement, mon titre est premier vendeur au rayon des jouets. C'est vous dire qu'au moment des fêtes j'ai été sur les dents. En réalité, j'ai une spécialité qui prend la plus grande partie de mon activité : c'est moi qui m'occupe des trains électriques.

On aurait pu croire qu'il oubliait le but de sa visite, l'endroit où il était, pour se laisser aller à parler de son sujet favori.

— Vous êtes passé, en décembre, devant les Magasins du Louvre ?

Maigret ne dit ni oui, ni non. Il ne s'en souvenait pas. Il se rappelait vaguement un gigantesque motif lumineux, sur la façade, mais il n'aurait pas pu dire ce que les personnages mouvants et multicolores représentaient.

— Si oui, vous avez vu, dans la troisième vitrine de la rue de Rivoli, une reconstitution exacte de la gare Saint-Lazare, avec toutes ses voies, ses trains de banlieue et ses rapides, ses signaux, ses cabines d'aiguillage. Cela m'a pris trois mois de travail et j'ai dû me rendre en Suisse et en Allemagne pour acheter une partie du matériel. Cela vous paraît enfantin, mais si je vous disais le chiffre d'affaires que nous faisons sur les seuls trains électriques... Surtout, ne croyez pas que notre clientèle n'est composée que d'enfants. Des grandes personnes, parmi lesquelles des hommes qui ont une situation importante, se passionnent pour les trains électriques et on m'appelle souvent dans des hôtels particuliers pour...

Il s'interrompit encore.

— Je vous ennuie ?

— Non.

— Vous m'écoutez ?

Maigret fit signe que oui. Son visiteur devait avoir quarante à quarante-cinq ans et portait une alliance en or rouge, large et plate, presque la même que celle du commissaire. Il portait en outre une épingle de cravate qui représentait un signal ferroviaire.

— Je ne sais plus où j'en étais. Ce n'est pas pour vous parler de trains électriques, bien entendu, que je suis venu vous voir, et je me rends compte que je vous fais perdre votre temps. Cependant, il est nécessaire que vous puissiez me situer, n'est-ce pas ? Que je vous dise encore que j'habite avenue de Châtillon, près de l'église Saint-Pierre de Montrouge, dans le XIVe, et que j'occupe le même logement depuis dix-huit ans. Non : dix-neuf.. Enfin, il y aura dix-neuf ans en mars... Je suis marié...

Il se désolait de ne pas être plus clair, d'avoir trop de détails à fournir. On sentait qu'à mesure que les idées lui venaient il les pesait, se demandant si elles étaient importantes ou non, les exprimait ou les rejetait.

Il regarda sa montre.

— C'est justement parce que je suis marié...

Il sourit pour s'excuser.

— Ce serait plus facile si vous posiez les questions, mais vous ne pouvez pas, puisque vous ignorez de quoi il s'agit...

Maigret n'était pas loin de se reprocher d'être ainsi statique. Ce n'était pas sa faute. C'était physique. Il avait peine à s'intéresser à ce qu'on lui racontait et regrettait d'avoir laissé Joseph introduire le visiteur.

— Je vous écoute...

Il bourra une pipe, pour s'occuper, jeta un coup d'œil à la fenêtre derrière laquelle il n'y avait que du gris pâle. On aurait dit une toile de fond déjà usée dans un théâtre de province.

— Il faut avant tout que je souligne que je n'accuse pas, Monsieur le Commissaire. J'aime ma femme. Voilà quinze ans que nous sommes mariés, Gisèle et moi, et nous ne nous sommes pour ainsi dire jamais disputés. J'en ai parlé au docteur Steiner, après qu'il m'a eu examiné, et il m'a répondu, soucieux :

« — J'aimerais assez que vous m'ameniez votre femme.

« Seulement, sous quel prétexte puis-je demander à Gisèle de me suivre chez un neurologue ? Je ne peux même pas affirmer qu'elle est folle, car elle continue son travail sans que personne s'en plaigne.

— Voyez-vous, je ne suis pas particulièrement instruit. Je suis un pupille de l'Assistance Publique et j'ai dû m'éduquer moi-même. Ce que je sais, je l'ai appris dans les livres, après journée.

« Je m'intéresse à tout, pas seulement aux trains électriques, comme on pourrait le croire, et je considère que la connaissance est le bien le plus précieux de l'homme.

« Je vous demande pardon de parler ainsi. C'est pour en arriver à vous dire que, quand Gisèle a commencé à montrer, vis-à-vis de moi, un comportement différent, je suis allé dans les bibliothèques, y compris la Bibliothèque Nationale, consulter des ouvrages qui m'auraient coûté trop cher. En outre, ma femme se serait inquiétée en les trouvant à la maison... »

La preuve que Maigret suivait plus ou moins ce discours, c'est qu'il questionna :

— Des ouvrages de psychiatrie ?

— Oui. Je ne prétends pas avoir tout compris. La plupart sont écrits dans un langage trop savant pour moi. J'ai néanmoins trouvé des livres sur les névroses et les psychoses qui m'ont fait réfléchir. Je suppose que vous connaissez la différence entre les névroses et les psychoses ? J'ai étudié aussi la schizophrénie, mais je crois, en toute conscience, que cela na va pas si loin...

Maigret pensa à sa femme, à Pardon, observa une petite loupe brune au coin de la lèvre de son visiteur.

— Si je comprends bien, vous soupçonnez votre femme de n'être pas dans son état normal ?

Le moment était arrivé et l'homme pâlit un peu, avala sa salive deux ou trois fois avant de déclarer, avec l'air de chercher ses mots et d'en peser le sens :

— Je suis persuadé que, depuis plusieurs mois, cinq ou six au moins, ma femme a l'intention de me tuer. Voilà, Monsieur le Commissaire, pourquoi je suis venu vous voir personnellement. Je n'ai pas de preuves formelles, sinon j'aurais commencé par là. Je suis prêt à vous fournir les indices que je possède et qui sont de deux sortes. Les indices moraux d'abord, les plus difficiles à exposer, comme vous devez le comprendre, car ce sont surtout de petits riens qui n'ont pas de gravité en eux-mêmes, mais dont l'accumulation finit par prendre un sens.

« Quant aux indices matériels, il y en a un, que vous je ai apporté, et qui est le plus troublant... »

Il ouvrait son pardessus, son veston, prenait son portefeuille dans sa poche-revolver, en tirait un papier plié comme ceux dans lesquels certains pharmaciens mettent encore les poudres contre les maux de tête.

C'était bien de la poudre que le papier contenait, une poudre d'un blanc sale.

— Je vous laisse ce spécimen, que vous pourrez faire analyser. Avant de m'adresser à vous, j'en ai demandé une analyse à un vendeur du Louvre, qui est passionné de chimie et qui s'est installé un vrai laboratoire. Il a été catégorique. Il s'agit de phosphure blanc. Pas phosphore, comme on pourrait le croire, mais phosphure, je l'ai vérifié au dictionnaire. Je ne me suis pas contenté du Larousse. J'ai consulté aussi des traités de chimie. Le phosphure blanc est une poudre à peu près incolore, qui est extrêmement toxique. On l'a employé jadis, à doses infinitésimales, comme remède dans certaines maladies, et c'est justement à cause de sa toxicité qu'on a dû l'abandonner.

Il marquait un temps, un peu désorienté d'avoir devant lui un Maigret toujours impassible et comme absent.

— Ma femme ne fait pas de chimie. Elle ne suit aucun traitement. Elle n'a aucune des maladies pour lesquelles on pourrait, à la rigueur, prescrire du phosphure de zinc. Or, ce ne sont pas quelques grammes que j'ai trouvés à la maison, mais un flacon qui contient au moins cinquante grammes. J'ai mis la main dessus par hasard, d'ailleurs. J'ai, au rez-de-chaussée, une sorte d'atelier où je travaille aux maquettes de mes étalages et où je me livre à de menues recherches de mécaniques. Il ne s'agit que de jouets, soit, mais, comme je vous l'ai dit, les jouets représentent...

— Je sais.

— Un jour que ma femme était absente, j'ai renversé un pot de colle sur mon établi. J'ai ouvert le placard où on range les balais et les produits de nettoyage. En cherchant un détergent j'ai mis, par hasard, la main sur un flacon sans étiquette dont la forme m'a paru curieuse.

« Maintenant, si vous rapprochez cette découverte du fait que, au cours de ces derniers mois, j'ai ressenti, pour la première fois de ma vie, certains troubles que j'ai décrits au docteur Steiner... »

La sonnerie du téléphone retentit sur le bureau et Maigret décrocha, reconnut la voix du directeur de la P.J.

— C'est vous, Maigret ? Vous avez quelques minutes ? J'aimerais vous présenter un criminologiste américain qui est dans mon bureau et qui désire fort vous serrer le main...

Le téléphone raccroché, Maigret regarda autour de lui. Rien de confidentiel ne traînait sur le bureau. Son visiteur n'avait pas l'air d'un homme dangereux.

— Vous permettez ? Je n'en ai que pour quelques minutes.

— Je vous en prie...

A la porte, pourtant, il eut un réflexe, traversa à nouveau le bureau pour ouvrir, comme il en avait l'habitude, la porte du bureau des inspecteurs. Mais il ne donna à ceux-ci aucune instruction spéciale. Il n'y pensa pas.

Quelques instants plus tard, il poussait la porte matelassée du bureau du patron. Un grand gaillard aux cheveux roux se levait d'un fauteuil et lui serrait vigoureusement la main en disant en français, avec à peine une pointe d'accent :

— C'est une grande joie pour moi de vous voir en chair et en os, Monsieur Maigret. Quand vous êtes venu dans mon pays, je vous ai raté, car j'étais à San Francisco et vous n'avez pas poussé jusqu'à nous. Mon ami Fred Ward, qui vous a reçu à New York et vous a accompagné à Washington, m'a raconté des choses passionnantes à votre sujet.

Le directeur faisait signe à Maigret de s'asseoir.

— J'espère que je ne vous dérange pas au beau milieu d'un de ces interrogatoires qui nous semblent si curieux, à nous, Américains ?

Le commissaire le rassura. L'hôte du patron lui tendit ses cigarettes, se ravisa.

— J'oublie que vous êtes un fanatique de la pipe...

Cela arrivait périodiquement et c'étaient toujours les mêmes phrases, les mêmes questions, la même admiration exagérée et gênante. Maigret, qui avait horreur d'être examiné à la façon d'un phénomène, faisait contre mauvaise fortune bon cœur et, à ces moments-là, il avait un sourire particulier qui amusait fort son patron.

Une question en amena une autre. On parla technique, puis on évoqua des causes célèbres, sur lesquelles il dut fournir son opinion.

Fatalement, il fut question de ses méthodes, ce qui l'impatientait toujours car, comme il le répétait sans parvenir à détruire les légendes, il n'avait jamais eu de méthodes.

Pour le délivrer, le directeur se leva en disant :

— Et maintenant, si vous voulez que nous montions visiter notre musée...

Cela faisait partie de toutes les visites de ce genre et Maigret put, les mains à nouveau broyées par une poigne plus vigoureuse que la sienne, regagner son bureau.

Il s'arrêta, surpris, sur le seuil, car il n'y avait plus personne dans le fauteuil qu'il avait désigné à son vendeur de trains électriques. Le bureau était vide, avec seulement de la fumée de cigarette qui flottait encore à mi-hauteur du plafond.

Il se dirigea vers le bureau des inspecteurs.

— Il est parti ?

— Qui ?

Janvier et Lucas jouaient aux cartes, ce qui ne leur arrivait pas trois fois l'an, sauf quand ils devaient monter la garde toute la nuit.

— Rien... Cela n'a pas d'importance...

Il gagna le couloir, où le vieux Joseph lisait le journal.

— Mon client est parti ?

— Il n'y a pas longtemps. Il est sorti de votre bureau et m'a dit qu'il ne pouvait plus attendre, qu'il devait absolument retourner au magasin, où on l'attendait. Est-ce que j'aurais dû ?...

— Non. Cela ne fait rien.

L'homme était libre de s'en aller, puisque personne ne lui avait demandé de venir.

C'est à ce moment-là que Maigret s'aperçut qu'il avait oublié son nom.

— Je suppose, Joseph, que vous ne savez pas non plus comment il s'appelle ?

— Je vous avoue, Monsieur le Commissaire, que je n'ai pas regardé sa fiche.

Maigret rentra chez lui, reprit sa place, se plongea à nouveau dans son rapport, qui n'avait rien de passionnant. C'était à croire que la chaufferie s'était emballée, car les radiateurs n'avaient jamais été aussi brûlants et on entendant des bruits inquiétants. Il faillit se lever pour aller tourner la manette, n'en eut pas le courage, tendit la main vers le téléphone.

Son intention était d'appeler les Magasins

du Louvre et de s'informer du chef de rayon des jouets. Mais, s'il le faisait, n'allait-on pas se demander pourquoi la police s'intéressait soudain à un des membres du personnel ? Maigret ne risquait-il pas de porter préjudice à son visiteur ?

Il travailla encore un peu, décrocha presque machinalement.

— Voulez-vous essayer de m'avoir un certain docteur Steiner, qui habite place Denfert-Rochereau ?

Moins de deux minutes plus tard, la sonnerie résonnait.

— Vous avez le docteur Steiner à l'appareil.

— Excusez-moi de vous déranger, docteur... Ici, Maigret... Le commissaire à la Police Judiciaire, oui... Je pense que vous avez eu récemment un patient dont le prénom est Xavier et dont le nom de famille m'échappe...

Le médecin, à l'autre bout du fil, ne paraissait pas s'en souvenir.

— Il travaille dans les jouets... Dans les trains électriques en particulier... Il serait allé vous voir pour s'assurer qu'il n'est pas fou et, ensuite, il vous aurait parlé de sa femme...

— Un instant, voulez-vous ? Je dois consulter mes fiches.

Maigret l'entendit qui disait à quelqu'un :

— Mademoiselle Berthe, voulez-vous avoir l'obligeance...

Il dut s'éloigner de l'appareil, car on n'entendit plus rien et le silence dura un bon moment, si longtemps même que Maigret crut que la communication avait été coupée.

A en juger par sa voix, Steiner était un homme froid, sans doute orgueilleux, conscient, en tout cas, de son importance.

— Puis-je vous demander, commissaire, pour quelle raison vous m'avez appelé ?

— Parce que ce monsieur était tout à l'heure dans mon bureau et qu'il en est parti avant que notre entretien soit terminé. Or, il se fait que, tout en l'écoutant, j'ai déchiré en petits morceaux la fiche sur laquelle il avait écrit son nom.

— Vous l'aviez convoqué ?

— Non.

— De quoi est-il soupçonné ?

— De rien. Il est venu de lui-même me raconter son histoire.

— Il s'est passé quelque chose ?

— Je ne le pense pas. Il m'a parlé de certaines craintes que, je pense, il vous a communiquées...

Il n'y a guère qu'un médecin sur cent pour se montrer aussi peu coopératif et Maigret était tombé sur celui-là.

— Vous savez, je suppose, disait Steiner, que le secret professionnel m'interdit de...

— Je ne vous demande pas, docteur, de trahir le secret professionnel. Je vous demande, d'abord, le nom de famille de ce Xavier. Je peux le savoir à l'instant en téléphonant aux Grands Magasins du Louvre, où il travaille, mais j'ai pensé qu'en agissant ainsi je risquerais de lui faire du tort dans l'esprit de ses chefs.

— C'est probable, en effet.

— Je sais aussi qu'il habite avenue de Châtillon et mes hommes, en questionnant les concierges, arriveraient au même résultat. De cette façon-là aussi, nous causerions peut-être un préjudice à votre client en provoquant des cancans.

— Je comprends.

— Alors ?

— Il s'appelle Marton, Xavier Marton, prononça le neurologue, à regret.

— Quand est-il allé vous voir ?

— Je pense que je peux répondre à cette question-là aussi. Il y a environ trois semaines, le 21 décembre exactement...

— Donc, au moment où il était le plus occupé par les fêtes de Noël. Je suppose qu'il était surexcité ?

— Vous dites ?

— Écoutez, docteur, encore une fois, je ne vous demande de trahir aucun secret. Nous avons, vous le savez, des moyens expéditifs de nous renseigner.

Silence à l'autre bout du fil, un silence désapprobateur, Maigret l'aurait juré. Le docteur Steiner ne devait pas aimer la police.

— Xavier Marton, puisque Marton il y a, poursuivait Maigret, s'est comporté dans mon bureau en homme normal. Cependant...

Le médecin répéta :

— Cependant ?

— Je ne suis pas psychiatre et, après l'avoir écouté, j'aimerais savoir si j'ai eu affaire à un déséquilibré ou si...

— Qu'appelez-vous un déséquilibré ?

Maigret était rouge et tenait le récepteur d'une main serrée et menaçante.

— Si vous avez des responsabilités, docteur, et si vous êtes tenu à un secret professionnel que je n'essaie nullement de vous amener à enfreindre, nous avons des responsabilités aussi. Il m'est désagréable de penser que j'ai laissé partir un homme, qui, demain, pourrait...

— Je l'ai laissé sortir de mon bureau aussi.

— Donc, vous ne le considérez pas comme fou ?

Silence encore.

— Que pensez-vous de ce qu'il vous a dit de sa femme ? Ici, il n'a pas eu le temps d'aller jusqu'au bout de son histoire...

— Je n'ai pas examiné sa femme.

— Et, d'après ce qu'il vous a raconté, vous n'avez aucune idée de...

— Aucune idée ?

— Vous n'avez rien à ajouter ?

— Rien, je le regrette. Vous m'excusez ? J'ai un client qui s'impatiente.

Maigret raccrocha comme s'il voulait briser l'appareil sur la tête du médecin.

Puis, presque instantanément, sa colère tomba et il haussa les épaules, finit même par sourire.

— Janvier! appela-t-il de façon à être entendu de la pièce voisine.

— Oui, patron.

— Tu vas aller aux Grands Magasins du Louvre et tu monteras à l'étage des jouets. Aie l'air d'un client. Tu chercheras un homme qui doit être le chef de rayon, âgé de quarante à quarante-cinq ans, brun, avec une loupe velue à gauche de la lèvre.

— Qu'est-ce que je lui demande ?

— Rien. Si le chef de rayon répond à cette

description, c'est qu'il s'appelle Xavier Marton et c'est tout ce que je désire savoir. Au fait, tant que tu y es, intéresse-toi aux trains électriques de façon à le faire parler. Observe-le. C'est tout.

— C'est de lui que vous vous entreteniez il y a un instant au téléphone ?

— Oui. Tu as entendu ?

— Vous voulez savoir s'il est fou ?

Maigret se contenta de hausser les épaules. Un autre jour, il ne se serait peut-être pas préoccupé plus que quelques minutes de la visite de Marton. On a l'habitude, à la P.J, de recevoir des fous et des demi-fous, des lunatiques, des inventeurs, des individus mâles et femelles qui se croient désignés pour sauver le monde de la perdition et d'autres qui sont persuadés que des ennemis mystérieux en veulent à leur vie ou à leurs secrets.

La Brigade Spéciale, la « Criminelle », comme on dit couramment, n'est pas un hôpital psychiatrique et, si elle s'occupe de ces clients-là, ce n'est guère que quand ils finissent par enfreindre les lois, ce qui, par bonheur, n'arrive pas tout à coup.

Il n'était pas loin de midi. Il pensa à téléphoner à Pardon, se dit que cela n'en valait pas la peine, qu'il n'y avait rien, dans la visite du matin, de plus inquiétant que dans cent visites du même genre qu'il avait reçues.

Pourquoi songea-t-il aux comprimés que sa femme devait prendre à chaque repas ? A cause du phosphure de zinc, que Xavier Marton prétendait avoir découvert dans l'armoire aux balais. Où Mme Maigret, elle, afin de ne pas inquiéter son mari, cachait-elle ses comprimés ?

Intrigué, il se promettait de chercher partout. Elle avait dû y réfléchir longuement, trouver une cachette astucieuse à laquelle il ne penserait pas.

On verrait bien. En attendant, il refermait son dossier, allait enfin fermer à moitié le radiateur, hésitant à laisser la fenêtre ouverte pendant l'heure du déjeuner.

Au moment de partir

Au moment de sortir, il aperçut le sachet de poudre blanche sur son bureau et alla le porter à Lucas.

— Donne ça au laboratoire. Qu'ils me fassent savoir cet après-midi de quoi il s'agit.

Sur le quai, le froid le surprit et il releva le col de son pardessus, enfonça les mains dans ses poches et se dirigea vers la station d'autobus.

Il n'aimait pas du tout le docteur Steiner et c'était à lui qu'il pensait bien plus qu'au spécialiste en trains électriques.

CHAPITRE II

L'AGENT D'ASSURANCES

PAS PLUS QUE LES autres jours pendant tant et tant d'années, il n'eut besoin de frapper à la porte, qui s'ouvrit au moment où il mettait les pieds sur le paillasson, et il ne se souvenait pas s'être servi du timbre électrique.

— Tu rentres de bonne heure, remarquait sa femme.

Et, tout de suite, elle fronçait imperceptiblement les sourcils, comme quand elle le voyait préoccupé. Cela ne ratait jamais non plus. Elle décelait le moindre changement dans son humeur et, si elle ne lui posait pas de questions directes, elle n'en essayait pas moins de deviner ce qui le tracassait.

Or, pour le moment, ce n'était pas la visite de l'homme aux trains électriques. Il y avait peut-être pensé dans l'autobus, mais ce qui venait de lui donner une expression soucieuse, voire un rien mélancolique, c'était un souvenir qui était remonté à la surface alors qu'il marquait un temps d'arrêt sur le palier du second étage. L'hiver précédent, la vieille femme qui habitait au-dessus de chez eux lui avait dit, alors qu'il la croisait devant la loge de la concierge et qu'il touchait son chapeau :

— Vous devriez voir un médecin, Monsieur Maigret.

— Vous me trouvez mauvaise mine ?

— Non. Je n'y ai même pas fait attention. C'est votre pas dans l'escalier. Depuis quelque temps, il est plus lourd et, toutes les quatre ou cinq marches, on sent une hésitation.

Ce n'était pas à cause d'elle qu'il était allé voir Pardon quelques semaines plus tard, mais elle n'en avait pas moins raison. Allait-il expliquer à sa femme que c'était à cause de ce souvenir qu'il paraissait penser très loin ?

Elle n'avait pas encore mis la table. Comme d'habitude, il rôda dans la salle à manger et dans le salon et, presque inconsciemment, se mit à ouvrir des tiroirs, à soulever le couvercle du coffret à couture, d'une boîte en laque rouge dans laquelle on rangeait de menus objets.

— Tu cherches quelque chose ?

— Non.

Il cherchait le médicament. Cela l'intriguait. Il se demandait s'il finirait par trouver la cachette.

Eh! puis, après tout, c'était vrai qu'il n'avait pas son allant habituel. N'avait-il pas le droit, comme les autres, par un jour d'hiver gris et froid, d'être maussade ? Il avait été ainsi dès le matin et ce n'était pas tellement désagréable. On peut fort bien se montrer grognon sans être malheureux.

Il n'aimait pas que sa femme l'observe par petits coups d'œil furtifs. Cela lui donnait une sensation de culpabilité, alors qu'il n'était coupable de rien. Qu'aurait-il pu lui dire pour la rassurer ? Que Pardon l'avait mis au courant de sa visite ?

Au fond, il commençait seulement à s'en rendre compte, il était vexé, voire un peu triste. A cause de son client du matin. Ce sont là des petits secrets intimes qu'on ne confie à personne et qu'on n'aime pas s'avouer à soi-même.

Ce garçon-là, tout spécialiste en trains électriques qu'il était, n'était pas un emmerdeur, comme on en voit tant défiler au Quai des Orfèvres. Il avait un problème. Il avait choisi de l'exposer franchement à Maigret. Pas à n'importe quel policier. A Maigret.

Or, quand celui-ci était rentré dans son bureau, après s'être rendu chez le chef pour rencontrer l'Américain, Xavier Marton n'y était plus.

Il était parti sans aller jusqu'au bout de ses confidences. Pourquoi ? Était-il si pressé ? N'était-ce pas plutôt parce qu'il avait été déçu ?

Il s'était fait, avant de venir, une idée déterminée du commissaire. Il avait dû s'attendre à de la compréhension, à un contact humain immédiat. Il avait trouvé un bonhomme assez lourd, engourdi par la chaleur des radiateurs surchauffés, qui le regardait sans un encouragement, l'air morne ou ennuyé.

Ce n'était rien, soit. Juste une ombre passagère. Tout à l'heure, Maigret n'y penserait plus. Et, à table, il le fit exprès de parler de tout autre chose.

— Tu ne crois pas que ce serait le moment de prendre une bonne ? Nous disposons, au sixième, d'une chambre qui n'a jamais servi...

— Qu'est-ce qu'elle ferait ?

— Le travail, parbleu ! Mettons le gros travail.

Il aurait été mieux avisé en n'entamant pas ce sujet-là.

— Le déjeuner n'est pas bon ?

— Mais si. Seulement, tu te fatigues.

— J'ai une femme de ménage deux matinées par semaine pour le nettoyage. Veux-tu me dire à quoi je passerais mes journées si j'avais une bonne ?

Bon ! C'était au tour de sa femme d'être triste. Dans son esprit à elle, c'était un peu comme s'il voulait lui enlever une de ses prérogatives, celle qui lui tenait le plus à cœur.

— Tu trouves que je vieillis ?

— Nous vieillissons tous. Ce n'est pas ce que je veux dire. Il me semblait...

Il y a des jours, ainsi, où on fait tout de travers, avec la meilleure volonté du monde. Le déjeuner terminé, il composa un numéro sur le cadran du téléphone. Une voix familière répondit. Il prononça :

— C'est vous, Pardon ?

Et il se rendit compte qu'il venait encore de commettre une cruauté inutile. Sa femme le regardait, effrayée, se disant qu'il avait découvert son secret.

— Ici, Maigret...

— Il y a quelque chose qui ne va pas ?

— Non. Je vais très bien...

Il s'empressa d'ajouter :

— Ma femme aussi... Dites donc, vous êtes fort occupé ?

La réponse de Pardon lui arracha un sourire. C'était drôle, car il aurait pu dire exactement la même chose, lui aussi.

— Calme plat ! En novembre et décembre, tout le monde s'est donné le mot pour tomber malade en même temps et je n'ai pas passé trois nuits entières dans mon lit. Certains jours, la salle d'attente était trop petite et le téléphone n'arrêtait pas. Pendant les fêtes, quelques gueules de bois et quelques maladies de foie. A présent que les gens ont dépensé leur argent, en ne gardant que le strict nécessaire pour le terme, ils sont tous guéris...

— Je peux passer vous voir ? J'aimerais bavarder avec vous au sujet d'un cas qui s'est présenté ce matin à la P.J.

— Je vous attends.

— Maintenant ?

— Si vous voulez.

Mme Maigret lui demanda :

— Tu es sûr que ce n'est pas pour toi ? Tu ne te sens pas malade ?

— Je le jure.

Il l'embrassa, revint sur ses pas pour lui tapoter les joues et murmurer :

— Ne fais pas attention. Je crois que je me suis levé du mauvais pied.

Il gagna sans se presser la rue Picpus où Pardon habitait un vieil immeuble sans ascenseur. La bonne, qui le connaissait, ne le fit pas passer par la salle d'attente, mais par le couloir et la porte de derrière.

— Il en a pour une minute. Dès que son malade sera sorti, je vous ferai entrer.

Il trouva Pardon en blouse blanche, dans son cabinet aux vitres dépolies.

— J'espère que vous n'avez pas dit à votre femme que je vous ai mis au courant ? Elle m'en voudrait toute sa vie.

— Je suis ravi qu'elle se décide à se soigner. C'est vrai qu'il n'y a rien d'inquiétant ?

— Rien du tout. Dans quelques semaines, mettons dans trois mois, quand elle aura perdu quelques kilos, elle se sentira dix ans de moins.

Maigret désigna la salle d'attente.

— Je ne prends pas le temps des malades ?

— Il y en a juste deux, et qui n'ont rien à faire.

— Vous connaissez un certain docteur Steiner ?

— Le neurologue ?

— Oui. Il habite place Denfert-Rochereau.

— Je l'ai vaguement connu à la Faculté, car il est à peu près de mon âge, et ensuite je l'ai perdu de vue. Mais j'en ai entendu parler par mes confrères. C'est un des garçons les plus brillants de sa génération. Après avoir passé ses examens avec toutes les distinctions possibles, il a été interne, puis chef de service à Sainte-Anne. Ensuite, il a passé son agrégation et on pouvait s'attendre à ce qu'il devienne un des plus jeunes professeurs.

— Que s'est-il passé ?

— Rien. Son caractère. Peut-être a-t-il trop conscience de sa valeur. Il le fait sentir, se montre volontiers sec, presque arrogant. En même temps, c'est un tourmenté, pour qui chaque cas pose des problèmes moraux. Pendant la guerre, il a refusé de porter l'étoile jaune, prétendant qu'il n'avait pas une goutte de sang israélite. Les Allemands ont fini par lui prouver le contraire et l'ont envoyé dans un camp de concentration. Il en est revenu aigri et il s'imagine que c'est à cause de ses origines qu'on dresse un barrage devant lui, ce qui est insensé car on compte, à la Faculté, un certain nombre de professeurs juifs. Vous avez affaire à lui ?

— Je lui ai téléphoné ce matin. Je désirais obtenir de lui certains renseignements, mais je comprends maintenant que c'est inutile d'insister.

Un peu comme son client du matin, Maigret ne savait par quel bout commencer.

— Bien que ce ne soit pas votre spécialité, j'aimerais vous demander votre opinion sur une histoire qu'on m'a racontée tout à l'heure. J'ai eu dans mon bureau un type d'une quarantaine d'années, qui paraît normal et qui m'a parlé sans fièvre, sans exagération, en mesurant ses paroles. Il est marié depuis une douzaine d'années, si je me souviens bien, et il habite depuis plus longtemps encore l'avenue de Châtillon.

Pardon, qui avait allumé une cigarette, écoutait avec attention.

— Il s'occupe de trains électriques.

— Il est ingénieur aux Chemins de Fer ?

— Non. Je parle de jouets.

Pardon fronça les sourcils.

— Je sais, dit Maigret. Cela m'a frappé

aussi. Mais, lui, ne s'en occupe pas en amateur. Il est premier vendeur au rayon des jouets d'un grand magasin et c'est lui, entre autres choses, qui a monté, pour les fêtes, le train électrique de l'étalage. Autant que j'en peux juger, il est bien portant.

— Quel délit a-t-il commis ?

— Aucun. Du moins, je le suppose. Il m'a raconté que sa femme, depuis quelque temps, a l'intention de le supprimer.

— Comment s'en est-il aperçu ?

— Il est parti avant de me fournir les détails. Ce que je sais, c'est qu'il a trouvé, caché dans un placard à balais et à produits de nettoyage, un flacon contenant une assez grande quantité de phosphure de zinc.

Pardon devint plus attentif.

— C'est lui qui a fait analyser le produit et il semble avoir étudié tout ce qui se rapporte au phosphure de zinc. Il m'en a d'ailleurs apporté un échantillon.

— Vous voulez savoir si c'est un poison ?

— Je suppose que c'est un produit toxique.

— Très toxique et, dans certaines campagnes, on s'en sert pour détruire les campagnols. Il a été malade ?

— Incommodé, à plusieurs reprises.

— Il a porté plainte ?

— Non. Il a disparu de mon bureau avant de me dire où il voulait en venir. C'est justement ce qui me tracasse.

— Je crois comprendre... C'est lui qui est allé voir Steiner ?... Avec sa femme ?...

— Non. Seul. Il s'est fait examiner, voilà près d'un mois, pour s'assurer...

— ... qu'il n'est pas fou ?

Maigret fit oui de la tête, prit le temps de rallumer sa pipe avant de poursuivre :

— Je pourrais le convoquer dans mon bureau, et même le faire examiner à mon tour, puisque Steiner se retranche derrière le secret professionnel. Quand je dis que je pourrais, j'exagère un peu car, en fait, il n'y a rien contre lui. Il est venu me trouver de son plein gré. Il m'a raconté une histoire qui tient debout. Ni lui, ni personne n'a porté plainte et la loi n'interdit pas de posséder une certaine quantité d'un produit toxique. Vous voyez le problème ?

— Je vois.

— Il est possible que son histoire soit vraie. Si je vais voir ses chefs pour me renseigner sur son comportement, je risque de lui faire du tort car, dans les grands magasins, comme dans les administrations, on se méfie des gens dont la police s'occupe. Si je fais questionner sa concierge et ses voisins, des rumeurs vont courir son quartier...

— Vous vous rendez compte de ce que vous me demandez, Maigret. Un avis sur un homme que je n'ai jamais vu, que vous ne connaissez pour ainsi dire pas vous-même. Et je ne suis qu'un médecin de quartier, qui n'a que des teintes fort vagues en neurologie et en psychiatrie.

— Je me souviens avoir vu, dans votre bibliothèque, un certain nombre d'ouvrages sur...

— Entre m'y intéresser et formuler un diagnostic, il y a un abîme. En somme, ce que vous voudriez savoir, c'est la raison pour laquelle il est venu vous raconter son histoire ?

— C'est la première question. Il continue de vivre avec sa femme et ne paraît pas avoir l'intention de s'en séparer. Il ne m'a pas demandé d'arrêter celle-ci, ni d'ouvrir une enquête à son sujet. Et, quand j'ai dû quitter mon bureau pendant quelques minutes, parce que j'étais appelé chez le patron, il a disparu, comme s'il ne désirait pas pousser plus avant ses confidences. Cela ne vous dit rien ?

— Cela peut vouloir dire des tas de choses. Voyez-vous, Maigret, à l'époque où je faisais mes études, ces questions-là étaient plus simples qu'aujourd'hui. Comme toute la médecine, d'ailleurs, et comme à peu près toutes les sciences. Quand, au tribunal, on demandait à un expert si un homme était fou ou sain d'esprit, l'expert répondait le plus souvent par oui ou par non. Vous lisez les revues de criminologie ?

— Quelques-unes.

— Dans ce cas, vous savez comme moi qu'il n'est plus aussi facile de faire une distinction nette entre les psychoses, les névroses, les psychonévroses et même, parfois, la schizophrénie. La barrière entre un homme sain d'esprit et un psychopathe ou un névropathe est de plus en plus fragile et, si on suivait certains savants étrangers... Mais je ne vais pas commencer un exposé scientifique ou pseudo-scientifique...

— A première vue...

— A première vue, la réponse à votre question dépend du spécialiste que vous interrogerez. Par exemple, cette histoire de trains électriques, même si c'est sa profession — *car cette profession, c'est lui qui l'a choisie* — peut être interprétée comme un indice d'inadaptation au réel, ce qui aiguillerait vers une psychonévrose. Le fait de venir vous trouver au Quai des Orfèvres et d'étaler complaisamment sa vie privée ferait dresser l'oreille à plus d'un psychiatre, comme aussi celui d'aller, de lui-même, trouver un neurologue pour s'assurer qu'il est sain d'esprit.

Maigret n'était guère plus avancé car, tout cela, il l'avait pensé.

— Vous me dites qu'il était calme, qu'il parlait avec sang-froid, sans émotion apparente, en tout cas sans émotion exagérée, et cela peut aussi bien se tourner contre lui qu'être considéré en sa faveur, comme encore d'avoir fait analyser le phosphure de zinc et d'avoir lu tout ce qu'il a pu trouver sur ce produit. Il n'a pas prétendu que sa femme était en train de devenir folle ?

— Pas exactement. Je ne me souviens pas de chaque détail. A vrai dire, au début, je ne l'écoutais que d'une oreille. Il faisait très chaud dans mon bureau. J'étais engourdi...

— S'il soupçonne sa femme de folie, ce serait encore un signe. Mais il est fort possible aussi que ce soit sa femme qui...

Maigret se leva de son fauteuil, se mit à marcher de long en large.

— Je ferais mieux de ne pas m'occuper de ça ! grommela-t-il, autant pour lui-même que pour son ami Pardon.

Il ajouta tout de suite :

— Et pourtant je sais que je vais m'en occuper.

— Il n'est pas exclu que tout cela n'existe

que dans son imagination et qu'il ait acheté lui-même le phosphure.

— La vente en est libre ? questionna Maigret.

— Non. Mais le magasin où il travaille peut en avoir obtenu pour détruire les rats, par exemple.

— Supposons qu'il en soit ainsi, que Marton entre dans la catégorie à laquelle vous avez pensé : est-ce un homme dangereux ?

— Il peut le devenir à tout moment.

— Et à supposer que sa femme essaie vraiment de...

Maigret fit soudain face au docteur et grogna :

— Merde !

Puis il sourit.

— Excusez-moi. Ce n'est pas à vous que cela s'adresse. Nous étions bien tranquilles au Quai. Comme vous ici ! La morte-saison, en somme. Et voilà cet olibrius qui me fait passer une fiche, qui s'assied dans mon bureau et qui, d'un instant à l'autre, me colle sur le dos des responsabilités que...

— Vous n'êtes pas responsable.

— Officiellement, professionnellement, non. N'empêche que si, demain ou la semaine prochaine, un des deux, l'homme ou la femme, vient à trépasser, je serai convaincu que c'est par ma faute...

— Désolé, Maigret, de ne pouvoir vous aider davantage. Voulez-vous que j'essaie de joindre Steiner pour lui demander son opinion ?

Maigret fit oui, sans conviction. Pardon appela la place Denfert-Rochereau, puis la clinique où se trouvait Steiner à cette heure. Pardon eut beau se montrer humble et respectueux, en obscur médecin de quartier s'adressant à un spécialiste célèbre, Maigret comprit, à sa physionomie et à la voix tranchante qu'il entendait vibrer dans le combiné, que cette démarche n'avait pas plus de succès que la sienne.

— Il m'a remis à ma place.

— Excusez-moi.

— Mais non! Il fallait essayer. Ne vous tracassez pas trop. Si tous ceux qui ont un comportement bizarre devaient devenir des meurtriers ou des victimes, on trouverait plus d'appartements libres qu'aujourd'hui.

Maigret marcha jusqu'à la République, où il prit son autobus. Quai des Orfèvres, Janvier, qui était dans le bureau des inspecteurs, vint tout de suite faire son rapport, l'air penaud.

— Il n'a pas pu me voir ici, n'est-ce pas? dit-il. Et ma photo n'a pour ainsi dire jamais paru dans les journaux. Est-ce que j'ai tellement l'air d'un flic?

De toute la maison, Janvier était celui qui en avait le moins l'air.

— Je suis monté au rayon des jouets et je l'ai reconnu tout de suite, grâce au signalement que vous m'avez donné. Là-bas, il porte une longue blouse grise, avec les initiales du magasin brodées en rouge. Un train électrique fonctionnait, et je l'ai regardé marcher. Puis j'ai fait signe à notre homme et je me suis mis à lui poser des questions innocentes, comme un père de famille qui a l'intention d'acheter un train à son gosse. Je sais ce que c'est, car j'en ai acheté un à mon fils à l'avant-dernier Noël. C'est à peine s'il m'a laissé prononcer trois ou quatre phrases. Il m'a interrompu alors en murmurant :

« — Dites au commissaire Maigret que ce n'est pas chic de sa part de vous envoyer ici et qu'il risque de me faire perdre ma place. »

« Il a parlé sans presque remuer les lèvres, en regardant avec inquiétude un inspecteur du magasin qui nous observait de loin. »

Il y avait, sur le bureau du commissaire, une fiche du laboratoire avec, écrit en rouge : *phosphure de zinc*.

Pour un peu, Maigret aurait laissé tomber l'affaire. Comme il l'avait dit à Pardon, ou comme Pardon le lui avait dit, il ne s'en souvenait pas au juste, cela ne le regardait pas d'un point de vue strictement professionnel et, s'il embêtait Xavier Marton, celui-ci pouvait fort bien s'en plaindre et lui attirer des ennuis.

— J'ai envie de t'envoyer avenue de Châtillon pour interroger la concierge et les voisins. Seulement, il ne faut pas qu'on soupçonne dans le quartier que la police s'occupe de notre homme. Tu pourrais faire du porte à porte, avec un aspirateur électrique, par exemple...

Janvier ne put s'empêcher d'avoir une grimace à l'idée de trimbaler un aspirateur électrique de maison en maison.

— Si tu préfères, présente-toi comme agent d'assurances...

Janvier préférait, de toute évidence.

— Essaie de savoir comment vit le ménage, à quoi ressemble la femme, ce qu'on pense d'eux dans le quartier. Si la femme est chez elle, tu pourras toujours sonner et lui proposer une assurance-vie...

— Je ferai de mon mieux, patron.

Le temps était toujours aussi gris, aussi froid, et le bureau, où le commissaire avait oublié de rouvrir le radiateur, était presque glacé. Il alla tourner la manette, hésitant un moment à aller demander conseil au chef. S'il ne le fit pas, ce fut par crainte de paraître ridicule. Il s'était rendu compte, en racontant l'histoire à Pardon, du peu d'éléments dont il disposait.

Bourrant lentement une pipe, il se replongea dans le dossier qu'il avait abandonné le matin et auquel il ne parvenait pas à s'intéresser. Une heure s'écoula. L'air devint plus opaque, à cause de la fumée et du crépuscule. Il alluma la lampe à abat-jour vert, se leva pour régler une fois de plus le radiateur qui s'emballait de nouveau. On frappa à la porte. Le vieux Joseph murmura, en posant une fiche sur le coin du bureau :

— Une dame.

Elle avait dû impressionner le vieil huissier pour qu'il se serve de ce mot-là.

Joseph ajouta :

— Je crois que c'est la femme du type de ce matin.

Le nom écrit sur la fiche lui avait rappelé quelque chose : Mme Marton. Et en-dessous, on avait tracé le mot « personnel » sous la mention de « objet de la visite ».

— Où est-elle ?

— Dans la salle d'attente. Je la fais entrer ?

Il faillit dire oui, se reprit.

— Non. Je m'en occuperai moi-même.

Il prit son temps, traversa le bureau des inspecteurs, puis deux autres bureaux, afin de n'émerger dans le vaste couloir qu'au-delà de la salle d'attente vitrée. Parce qu'il ne faisait pas encore tout à fait nuit, les lampes paraissaient éclairer moins bien que d'habitude et l'atmosphère était jaunâtre et triste comme dans une petite gare de province.

De l'encadrement d'une porte, il observait l'espèce d'aquarium dans lequel il n'y avait que trois personnes, dont deux devaient être là pour la brigade mondaine, car il s'agissait d'un petit maquereau qui sentait d'une lieue sa place Pigalle et d'une fille opulente qui avait l'aisance d'une habituée.

Tous les deux jetaient des coups d'œil à une autre femme qui attendait et qui détonnait par son élégance simple mais sans une faute.

Maigret prit son temps, finit par atteindre la porte vitrée qu'il ouvrit.

— Madame Marton ?

Il avait remarqué le sac en crocodile assorti aux chaussures, le tailleur strict sous un manteau de castor.

Elle se levait avec juste le degré de confusion qu'on peut attendre d'une personne qui n'a jamais eu à faire à la police et qui se trouve soudain devant un de ses plus importants représentants.

— Commissaire Maigret, n'est-ce pas ?

Les deux autres, en familiers, échangeaient des œillades. Maigret l'introduisait dans son bureau, la faisait asseoir dans le fauteuil que son mari avait occupé le matin.

— Je m'excuse de vous déranger de la sorte...

Elle retirait son gant droit, qui était en suède moelleux, croisait les jambes.

— Je suppose que vous devinez pourquoi je suis ici ?

C'était elle qui attaquait et Maigret n'aimait pas ça. Aussi se garda-t-il répondre.

— Vous allez sans doute, vous aussi, me parler de secret professionnel...

Il retenait surtout le *vous aussi*. Cela signifiait-il qu'elle était allée voir le docteur Steiner ?

Ce n'était pas seulement par son attitude que Mme Marton le surprenait.

Le mari, certes, n'était pas vilain garçon, et il devait gagner honorablement sa vie. Mme Marton n'en était pas moins d'une classe différente. Son élégance n'avait rien d'apprêté, de vulgaire. Son aisance non plus.

Déjà, dans la salle d'attente, il avait remarqué la coupe parfaite des chaussures et le luxe du sac à main. Les gants n'étaient pas de moindre qualité, ni le reste de ce qu'elle portait. Rien d'agressif, de voulu. Pas de tape à l'œil. Tout ce qu'elle portait sortait d'excellentes maisons.

Elle paraissait la quarantaine, elle aussi, cette quarantaine particulière aux Parisiennes qui se soignent et, dans sa voix comme dans ses attitudes, on sentait la personne qui est à l'aise partout et dans toutes les circonstances.

Y avait-il vraiment une faille ? Il croyait en sentir une, une toute petite note discordante, mais il était incapable de mettre le doigt dessus. C'était une impression plutôt qu'une chose observée.

— Je crois, monsieur le Commissaire, que nous gagnerons du temps si je vous parle franchement. Il serait d'ailleurs outrecuidant d'essayer de ruser avec un homme comme vous.

Il restait impassible, sans que cette impassibilité la trouble, ou alors elle se contrôlait merveilleusement.

— Je sais que mon mari est venu vous voir ce matin.

Il ouvrit enfin la bouche, espérant la dérouter.

— Il vous l'a dit ? demanda-t-il.

— Non. Je l'ai vu entrer dans ce bâtiment et j'ai compris que c'est vous qu'il venait voir. Il se passionne pour toutes vos enquêtes. Il y a des années qu'il parle de vous avec enthousiasme à chaque occasion.

— Vous voulez dire que vous avez suivi votre mari ?

— Oui, admit-elle simplement.

Il y eut un court silence un peu gêné.

— Cela vous étonne, après l'avoir vu et entendu ?

— Vous savez aussi ce qu'il m'a dit ?

— Je le devine sans peine. Voilà douze ans que nous sommes mariés et je connais bien Xavier. C'est le garçon le plus honnête, le plus courageux, le plus attachant qui soit. Vous savez probablement qu'il n'a pas connu ses parents et qu'il a été élevé par l'Assistance Publique ?

Il fit vaguement oui de la tête.

— Il a été élevé dans une ferme, en Sologne,

où on lui arrachait des mains, pour les brûler, les livres qu'il parvenait à se procurer. Il n'en est pas moins arrivé où il en est et, à mon avis, il est loin d'avoir la situation qu'il mérite. Moi-même, je suis sans cesse surprise par l'étendue de ses connaissances. Il a tout lu. Il s'y connaît en tout. Et, bien entendu, on abuse de lui. Il se tue au travail. Six mois avant les fêtes, il prépare déjà la saison de Noël et celle-ci, pour lui, est épuisante.

Elle avait ouvert son sac à main, hésitait à saisir un étui à cigarettes en argent.

— Vous pouvez fumer, dit-il.

— Merci. J'ai cette mauvaise habitude. Je fume beaucoup trop. J'espère que ma présence ne vous empêche pas d'allumer votre pipe ?

Il distinguait de fines pattes d'oie au coin des paupières mais, au lieu de la vieillir, cela lui donnait un charme de plus. Ses yeux gris-bleu avaient la douceur pétillante des yeux de myope.

— Nous devons vous paraître ridicules, tous les deux, je veux dire mon mari et moi, en venant ici tour à tour comme nous irions à confesse. C'est un peu cela, d'ailleurs. Depuis des mois, mon mari m'inquiète. Il est surmené, anxieux, avec des périodes d'abattement complet pendant lesquelles il ne m'adresse pas la parole.

Maigret aurait aimé que Pardon soit présent, car peut-être le médecin en aurait-il tiré quelque chose ?

— Déjà en octobre... oui, au début d'octobre... je lui ai dit qu'il faisait de la neurasthénie et qu'il devrait consulter un médecin...

— C'est vous qui lui avez parlé de neurasthénie ?

— Oui. Je n'aurais pas dû ?

— Continuez.

— Je l'ai beaucoup observé. Il a commencé par se plaindre d'un de ses chefs de service qu'il n'a jamais aimé. Mais, pour la première fois, il parlait d'une sorte de conspiration. Puis il s'en est pris à un jeune vendeur...

— A quel sujet ?

— Cela paraît ridicule, mais je comprends un peu les réactions de Xavier. Je n'exagère pas en disant qu'il est, en France, le meilleur spécialiste en trains électriques. J'espère que cela ne vous fait pas sourire ? On ne se moque pas, par exemple, de quelqu'un qui passe sa vie à dessiner des soutiens-gorge ou des gaines amaigrissantes.

Pourquoi questionna-t-il :

— Vous vous occupez de soutiens-gorge et de gaines ?

Elle rit.

— J'en vends. Mais ce n'est pas de moi qu'il s'agit. Le nouveau vendeur, donc, s'est mis à observer mon mari, à lui soutirer ses petits trucs, à dessiner des circuits... Bref, il lui a donné l'impression qu'il cherchait à prendre sa place... Je ne me suis inquiétée vraiment que quand j'ai vu que les suspicions de Xavier s'étendaient jusqu'à moi...

— De quoi vous a-t-il soupçonnée ?

— Je suppose qu'il vous l'a dit. Cela a commencé un soir quand, en me regardant avec attention, il a murmuré :

« — Tu ferais une belle veuve, n'est-ce pas ?

« Ce mot-là est revenu souvent dans la conversation. Par exemple :

« — Toutes les femmes sont faites pour être veuves. D'ailleurs, les statistiques démontrent...

« Vous voyez le thème. De là à me dire que, sans lui, j'aurais une vie plus brillante, qu'il était le seul obstacle à mon ascension... »

Elle ne bronchait pas, malgré le regard sans expression que Maigret faisait exprès de laisser peser sur elle.

— Vous savez le reste. Il est persuadé que j'ai décidé de me débarrasser de lui. À table, il lui arrive d'échanger son verre contre le mien, sans s'en cacher, en me fixant au contraire d'un œil goguenard. Il attend, pour manger, que j'aie avalé une première bouchée. Parfois, quand je rentre après lui, je le trouve fouillant dans tous les coins de la cuisine.

« J'ignore ce que lui a dit le docteur Steiner... »

— Vous l'avez accompagné chez lui ?

— Non. Xavier m'a annoncé qu'il allait le consulter. C'était encore, de sa part, une sorte de défi. Il m'a dit :

« — Je sais que tu essaies de me persuader que je deviens fou. Oh ! tu t'y prends adroitement, goutte à goutte, en quelque sorte. On verra bien ce que décidera un spécialiste. »

— Il vous a fait part du résultat de la consultation ?

— Il ne m'a rien dit mais, depuis — il y a un mois de cela environ — il me regarde avec une ironie protectrice. Je ne sais pas si vous comprenez ce que je veux dire. Comme un homme qui a un secret et qui s'en délecte. Il me suit des yeux. J'ai toujours l'impression qu'il pense :

« — Vas-y, ma fille! Fais tout ce que tu voudras. Tu n'arriveras pas à tes fins, car je suis prévenu... »

Maigret tira sur sa pipe, questionna :

— Et, ce matin, vous l'avez suivi? Vous avez l'habitude de le suivre?

— Pas tous les jours, non, car j'ai mon travail, moi aussi. D'ordinaire, nous quittons ensemble, à huit heures et demie, l'avenue de Châtillon, et nous prenons le même autobus jusqu'à la rue des Pyramides. Je me rends alors au magasin, rue Saint-Honoré, tandis qu'il continue la rue de Rivoli jusqu'aux Magasins du Louvre. Or, depuis quelque temps, je vous l'ai dit, je pense, votre nom revient assez souvent dans la conversation. Il y a deux jours, il m'a dit, à la fois sardonique et menaçant :

« — Quoi que tu fasses, si maligne que tu sois, il y aura quelqu'un qui saura. »

Elle ajouta :

— J'ai compris que c'était à vous qu'il faisait allusion. Hier, déjà, je l'ai suivi jusqu'au Louvre et je suis restée un certain temps à surveiller l'entrée du personnel, pour m'assurer qu'il ne ressortait pas. Ce matin, j'ai fait la même chose...

— Et vous l'avez suivi jusqu'ici?

Elle dit oui, franchement, se pencha pour écraser sa cigarette dans le cendrier de verre.

— J'ai essayé de vous donner une idée

de la situation. Maintenant, je suis prête à répondre à vos questions.

Il n'y avait que ses mains, jointes sur le sac en crocodile, à trahir une certaine nervosité.

CHAPITRE III

LA JEUNE SŒUR D'AMÉRIQUE

SI, LE MATIN, IL s'était montré lourd et comme absent en face du vendeur de trains électriques, cela avait été d'une lourdeur involontaire, qui tenait plutôt de l'engourdissement, d'une sorte de somnolence. Le contact ne s'était pas établi, en somme ; plus exactement il s'était établi trop tard.

A présent, avec Mme Marton, c'était sa lourdeur professionnelle qu'il avait retrouvée, celle qu'il avait adoptée jadis, quand il était encore timide, pour dérouter ses interlocuteurs, et qui était devenue un réflexe presque inconscient.

Elle n'en paraissait pas impressionnée et continuait à le regarder à la façon dont un enfant regarde un gros ours qui ne lui fait pas peur, mais qu'il n'en surveille pas moins du coin de l'œil.

N'était-ce pas elle qui, jusqu'ici, avait dirigé l'entretien, pour finir par une phrase que Maigret avait rarement entendu prononcer dans ce même bureau :

— Maintenant, j'attends vos questions...

Il la fit attendre un certain temps, laissant s'établir le silence, exprès, tirant sur sa pipe, prononçant enfin avec l'air de quelqu'un qui ne sait pas très bien où il en est :

— Pour quelle raison au juste êtes-vous venue me raconter tout ça?

Et cela la désarçonna, en effet. Elle commença :

— Mais...

Elle battait des cils, comme les myopes, ne trouvait rien d'autre à dire, souriait légèrement pour indiquer que la réponse était évidente.

Il continuait, en homme qui n'y attache pas d'importance, en fonctionnaire qui fait son métier :

— Est-ce l'internement de votre mari que vous demandez?

Cette fois, le visage s'empourpra instantanément, les yeux brillèrent et la lèvre frémit de colère.

— Je crois n'avoir rien dit qui puisse vous permettre...

Le coup l'avait atteinte au point qu'elle faisait mine de se lever pour mettre fin à l'entretien.

— Asseyez-vous, je vous en prie. Calmez-vous. Je ne vois pas pourquoi cette question fort naturelle vous émeut à tel point. En somme, qu'est-ce que vous êtes venue me dire? N'oubliez pas que nous sommes ici à la Police Judiciaire, où nous nous occupons de crimes et de délits, soit pour en arrêter les auteurs, soit, plus rarement pour les prévenir. D'abord, vous m'avez raconté que, depuis plusieurs mois, votre mari semblait être atteint de neurasthénie...

— J'ai dit...

— Vous avez dit neurasthénie. Et son comportement vous a tellement inquiétée que vous l'avez envoyé chez un neurologue...

— Je lui ai conseillé...

— Mettons que vous lui avez conseillé de consulter un neurologue. Vous attendiez-vous à ce que celui-ci conseille son internement ?

Les traits plus aigus, la voix changée, elle riposta :

— Je m'attendais à ce qu'il le soigne.

— Bon. Je suppose qu'il l'a fait ?

— Je n'en sais rien.

— Vous avez téléphoné au docteur Steiner, ou vous vous êtes présentée chez lui, et il s'est retranché derrière le secret professionnel.

Elle le regardait avec une attention soutenue, les nerfs tendus, comme pour deviner quelle allait être la prochaine attaque.

— Depuis sa visite au docteur, votre mari prend-il des médicaments ?

— Pas que je sache.

— Son attitude a-t-elle changé ?

— Il me paraît toujours aussi déprimé.

— Déprimé, mais pas excité ?

— Je ne sais pas. Je ne vois pas où vous voulez en venir.

— De quoi avez-vous peur ?

Cette fois, ce fut elle qui prit un temps, se

demandant à quoi la question se rapportait.

— Vous me demandez si j'ai peur de mon mari ?

— Oui.

— J'ai peur *pour* lui. Je n'ai pas peur *de* lui.

— Pourquoi ?

— Parce que, quoi qu'il arrive, je suis capable de me défendre.

— Alors, j'en reviens à ce que je vous ai demandé en commençant. Pourquoi êtes-vous venue me voir cet après-midi ?

— Parce qu'il est venu vous voir ce matin.

Ils n'avaient pas la même logique, l'un et l'autre. Ou peut-être ne voulait-elle pas avoir la même logique que le commissaire ?

— Vous saviez ce qu'il me dirait ?

— Si je l'avais su, je...

Elle se mordit la lèvre. N'allait-elle pas continuer :

— ...je n'aurais pas eu besoin de me déranger.

Maigret n'eut pas le temps d'y réfléchir, car le téléphone sonnait sur son bureau. Il décrocha.

— Allô, patron... Ici, Janvier... Je suis dans le bureau à côté... On m'a appris avec qui vous étiez et j'ai préféré ne pas me montrer... J'aimerais vous parler un instant...

— Je viens...

Il se leva, s'excusa.

— Vous permettez ? On a besoin de moi pour une autre affaire. Je n'en ai pas pour longtemps.

Dans le bureau des inspecteurs, il dit à Lucas :

— Va dans le couloir et, si elle essaie de s'en aller, comme son mari, retiens-là.

Il avait refermé la porte de communication. Torrence avait fait monter un verre de bière et, machinalement, Maigret le but avec satisfaction.

— Tu as du nouveau ?

— Je suis allé là-bas. Vous connaissez l'avenue de Châtillon. On pourrait se croire en province, malgré l'avenue d'Orléans toute proche. Le 17, où ils habitent, est un immeuble neuf, de six étages, en briques jaunes, dont les locataires sont pour la plupart des employés de bureau et des représentants de commerce.

« On doit tout entendre d'un logement à l'autre et il y a des gosses à tous les étages.

« Les Marton n'habitent pas l'immeuble proprement dit. A la place de celui-ci, il y avait autrefois une sorte d'hôtel particulier qui a été rasé. La cour est restée, avec un arbre au milieu et, au fond, un pavillon à un seul étage.

« Un escalier extérieur conduit au premier, où il n'y a que deux chambres et un cabinet.

« Voilà dix-huit ans, quand Xavier Marton, encore célibataire, a loué ce logement, le rez-de-chaussée, à la façade entièrement vitrée, était un atelier de menuiserie.

« Plus tard, le menuisier a disparu. Marton a loué le rez-de-chaussée et en a fait une pièce agréable, mi-atelier, mi-*living-room*.

« L'ensemble est imprévu, coquet, amusant. Ce n'est pas un logement comme un autre.

J'ai d'abord proposé une assurance-vie à la concierge, qui a écouté mon boniment sans m'interrompre pour me déclarer enfin qu'elle n'en avait pas besoin puisqu'elle aurait un jour son assurance vieillesse. Je me suis renseigné sur les locataires susceptibles de devenir des clients. Elle m'a cité quelques noms.

« — Ils sont tous aux assurances sociales, a-t-elle ajouté. Vous n'avez pas beaucoup de chances...

« — N'avez-vous pas un M. Marton ?

« — Au fond de la cour, oui... Peut-être ceux-là ?... Ils gagnent bien leur vie... L'an dernier, ils ont acheté une auto... Essayez...

« — Je trouverai quelqu'un chez eux ?

« — Je crois que oui.

« Vous voyez, patron, que ça n'a pas été trop difficile. J'ai sonné à la porte de l'atelier. Une assez jeune femme m'a ouvert.

« — Mme Marton ? ai-je demandé.

« — Non. Ma sœur ne rentrera que vers sept heures. »

Maigret avait froncé les sourcils.

— Comment est la sœur ?

— Une femme sur qui les hommes doivent se retourner dans la rue. Pour ma part...

— Tu as été impressionné ?

— C'est difficile de la décrire. Je lui donne trente-cinq ans au plus. Ce n'est pas tellement qu'elle soit jolie, ou éclatante. Elle ne m'a pas frappé non plus par son élégance, car elle portait une petite robe noire en lainage et était mal coiffée — comme une femme qui vaque à son ménage. Seulement...

— Seulement ?

— Voilà : il y a en elle quelque chose de très féminin, d'émouvant. On la sent très douce, un peu effrayée par la vie, et c'est le genre de femme qu'un homme a envie de protéger. Vous comprenez ce que je veux dire ? Son corps aussi est très féminin, très..

Il rougit devant le sourire amusé de Maigret.

— Tu es resté longtemps avec elle ?

— Une dizaine de minutes. J'ai d'abord parlé d'assurances. Elle m'a répondu que son beau-frère et sa sœur avaient souscrit chacun une assurance importante il y a environ un an...

— Elle n'en a pas précisé le montant ?

— Non. Je sais seulement que c'est à la Mutuelle. Elle a ajouté que, pour sa part, elle n'a pas besoin d'assurance, car elle a une pension. Le long d'un des murs, il y a une table, avec un train électrique compliqué, près d'un établi. J'ai raconté que je venais d'acheter un train électrique pour mon fils. Cela m'a permis de rester plus longtemps. Elle m'a demandé si j'avais acheté le train aux Magasins du Louvre et j'ai répondu que oui.

« — Alors, c'est mon beau-frère qui a dû vous servir... »

— C'est tout ? questionna Maigret.

— A peu près. J'ai vu deux ou trois commerçants, mais je n'ai pas osé être trop précis. Les Marton ont l'air d'être bien vus dans le quartier et de payer régulièrement.

Maigret s'aperçut seulement que c'était le verre de Torrence qu'il avait vidé.

— Je vous demande pardon, vieux. Faites-en monter un autre pour mon compte...

Il ajouta :

— Et un pour moi. Je viendrai le boire quand j'en aurai fini avec ma cliente.

Celle-ci, en son absence, n'avait pas bougé de son fauteuil, mais avait allumé une cigarette.

Il reprit sa place, les mains à plat sur le bureau.

— Je ne sais plus où nous en étions. Ah! oui. Vous m'avez invité à vous questionner. Mais je ne vois pas très bien ce que je peux vous demander. Vous avez une bonne, madame Marton? Car, si j'ai bien compris, vous travaillez toute la journée?

— Toute la journée, oui.

— Pour votre compte?

— Pas exactement. Néanmoins, mon patron, M. Harris, qui a monté la maison de lingerie, rue Saint-Honoré, me donne un pourcentage assez élevé, car c'est surtout moi qui fais marcher l'affaire.

— De sorte que vous avez une situation importante?

— Assez importante, oui.

— Je crois avoir entendu parler de la maison Harris.

— C'est une des trois meilleures de Paris pour la lingerie fine. Nous avons une clientèle de choix, y compris des têtes couronnées.

Il comprenait mieux certains détails qui l'avaient frappé au début, l'élégance discrète et pourtant un peu particulière de sa visiteuse. Comme cela arrive dans les maisons de couture et dans certains commerces, elle avait acquis peu à peu les goûts et les attitudes de sa clientèle, tout en gardant une certaine modestie, indispensable.

— Vos parents étaient dans la lingerie ?

Elle se détendait, maintenant qu'ils étaient sur un terrain plus banal et que les questions paraissaient innocentes.

— Loin de là. Mon père était professeur d'histoire, au lycée de Rouen, et ma mère n'a jamais rien fait de sa vie que d'être fille de général.

— Vous avez des frères et sœurs ?

— Une sœur, qui a vécu un certain temps aux États-Unis à Green-Village, dans le New Jersey, non loin de New York, avec son mari. Celui-ci était ingénieur dans une compagnie de raffinage de pétrole.

— Vous dites : était ?

— Il a été tué il y a deux ans au cours d'une explosion dans les laboratoires. Ma sœur est revenue en France, si ébranlée, si découragée, que nous l'avons prise à la maison.

— Je vous ai demandé tout à l'heure si vous aviez une bonne.

— Non. Ma sœur ne travaille pas. Elle n'a jamais travaillé de sa vie. Elle est plus jeune que moi et s'est mariée à vingt ans, alors qu'elle vivait encore avec mes parents. Elle a toujours été une enfant gâtée.

— C'est elle qui tient votre ménage ?

— C'est sa façon, si vous voulez, de payer sa part. Ce n'est pas nous qui le lui avons demandé, mais elle qui l'a exigé.

— Vous étiez chez vos parents aussi lorsque vous avez rencontré votre mari ?

— Non. Contrairement à Jenny — c'est

ma sœur — je ne me sentais pas faite pour vivre à Rouen et je m'entendais plutôt mal avec ma mère. Dès que j'ai eu mon bachot, je suis venue à Paris.

— Seule ?

— Que voulez-vous dire ?

— Vous n'aviez pas un ami ici ?

— Je comprends où vous voulez en venir. Comme c'est moi qui vous ai invité à me questionner, je n'ai pas d'excuse pour ne pas vous répondre. Je suis venue retrouver quelqu'un que je connaissais, en effet, un jeune avocat, et nous avons vécu ensemble pendant quelques mois. Cela n'a pas marché et j'ai cherché un emploi. Je me suis aperçue alors que le bachot, auquel mon père tenait tant qu'il m'a martyrisée pendant des années, ne sert à rien. Tout ce que j'ai trouvé, après des semaines d'allées et venues dans Paris, c'est une place de vendeuse aux Magasins du Louvre.

— Et vous avez rencontré Marton.

— Pas tout de suite. Nous n'étions pas au même étage. C'est dans le métro que nous avons fini par faire connaissance.

— Il était déjà premier vendeur ?

— Bien sûr que non.

— Vous vous êtes mariés ?

— C'est lui qui l'a voulu. Moi, je me serais contentée de vivre avec lui...

— Vous l'aimez ?

— Pourquoi serais-je ici, autrement ?

— Quand avez-vous quitté le magasin ?

— Il y a... attendez... Il y aura cinq ans le mois prochain.

— Donc, après sept ans de mariage.

— À peu près.

— Et, à ce moment-là, votre mari était devenu chef de rayon ?

— Oui.

— Mais vous n'étiez encore que simple vendeuse.

— Je ne vois pas où vous voulez en venir.

Il laissa tomber, rêveur :

— Moi non plus. Vous êtes donc entrée au service de M. Harris.

— Ce n'est pas tout à fait ainsi que cela s'est passé. D'abord, Harris, c'est le nom de la firme. Le vrai nom de mon patron est Maurice Schwob. Il travaillait aux Magasins du Louvre, où il était acheteur pour la lingerie.

— Quel âge ?

— Maintenant ?

— Oui.

— Quarante-neuf ans. Mais ce n'est pas ce que vous pensez. Nos relations sont purement commerciales. Depuis toujours, il avait décidé de se mettre à son compte. Il avait besoin, dans le magasin, d'une jeune femme connaissant le métier. Quand il s'agit de lingerie et de gaines, les femmes n'aiment pas être servies par un homme. Il m'avait remarquée au Louvre. C'est toute l'histoire.

— Vous êtes pratiquement associés ?

— Dans un sens, encore que mes intérêts dans l'affaire soient beaucoup moins élevés que les siens, ce qui est naturel, puisqu'il a apporté les fonds et que c'est lui qui dessine les modèles.

— En somme, jusqu'il y a cinq ans à

peu près, la situation de votre mari était plus importante que la vôtre. Son traitement aussi. Mais depuis cinq ans, c'est le contraire qui se produit. Est-ce exact ?

— C'est exact, oui, mais croyez bien que je n'y pense même pas.

— Votre mari non plus ?

Elle hésita.

— Au début, cela ne fait pas plaisir à un homme. Il s'y est habitué. Nous continuons à vivre modestement.

— Vous avez une voiture ?

— C'est vrai, mais nous ne nous en servons guère que pendant le *week-end* et les vacances.

— Vous allez en vacances avec votre sœur ?

— Pourquoi pas ?

— Pourquoi pas, en effet ?

Il y eut un assez long silence. Maigret avait l'air d'un homme embarrassé.

— Maintenant que je ne vois plus de questions à vous poser, dites-moi, madame Marton, ce que vous désirez que je fasse ?

Cela suffit à la mettre à nouveau sur la défensive.

— Je ne comprends toujours pas, murmura-t-elle.

— Vous ne voulez pas que nous surveillions votre mari ?

— Pourquoi le surveiller ?

— Vous n'êtes pas disposée à signer une demande en bonne et due forme qui nous permettrait de lui faire subir un examen mental ?

— Certainement pas.

— C'est donc bien tout ?

— C'est tout... Je suppose...

— Dans ce cas, je ne vois pas, moi non plus, pourquoi je vous retiendrais plus longtemps...

Il se levait. Elle l'imitait, un peu raide. Au moment de la conduire vers la porte, il parut se raviser.

— Vous vous servez de phosphure de zinc ?

Elle ne tressaillit pas. Elle devait s'être attendue tout le temps à cette question-là, et qui sait si ce n'était pas pour y répondre qu'elle était venue ?

— Je m'en sers, oui.

— A quelles fins ?

— La rue Saint-Honoré est une des plus vieilles rues de Paris et, derrière les boutiques de luxe, les maisons sont pour la plupart en mauvais état ; il y a tout un réseau de courettes, de ruelles, de passages qu'on ne soupçonne pas. La proximité du marché, aussi, attire un nombre incroyable de rats et ceux-ci ont fait des dégâts dans la marchandise. Nous avons essayé sans succès plusieurs produits. Quelqu'un a conseillé à M. Schwob le phosphure de zinc, qui a donné d'excellents résultats.

« Avenue de Châtillon aussi, nous avions des rats et mon mari s'en plaignait. J'ai pris une certaine quantité de phosphure au magasin... »

— Sans en parler à votre mari ?

— Je ne sais plus si je lui en ai parlé ou non.

Elle écarquilla les yeux, comme si une idée la frappait.

— Je suppose qu'il ne s'est pas imaginé... ?

Il n'acheva pas la phrase pour elle et elle reprit :

— S'il vous en a parlé, c'est que... Mon Dieu! Et moi qui me torturais pour deviner ce qui le tracassait... Je vais m'expliquer avec lui dès ce soir... Ou plutôt... Si j'aborde ce sujet-là, il saura que je suis venue vous voir...

— Vous comptiez le lui cacher?

— Je ne sais pas, je ne sais plus, monsieur Maigret. J'étais venue... comment dire ?... j'étais venue candidement, avec l'idée, naïve, en effet, de me confier à vous. Je vous ai dit la vérité sur Xavier et sur mes inquiétudes. Au lieu de m'aider, vous m'avez posé des questions qui, je m'en rends compte, indiquent que vous ne me croyez pas, que vous me soupçonnez de Dieu sait quelles intentions...

Elle ne pleurait pas, mais n'en montrait pas moins une certaine détresse.

— Tant pis!... J'avais espéré... Il ne me reste qu'à faire de mon mieux...

Elle ouvrait la porte de sa main gantée. Debout dans le couloir, elle prononçait encore :

— Au revoir, monsieur le Commissaire... Merci quand même d'avoir bien voulu me recevoir...

Maigret la regarda s'éloigner à pas nets, juchée sur des talons très hauts, et il haussa les épaules en rentrant dans son bureau. Un quart d'heure s'était bien écoulé quand il en sortit, se dirigea vers le bureau du chef, demanda en passant à Joseph :

— Le directeur est là ?

— Non. Il est en conférence avec le préfet et m'a annoncé qu'il ne reviendrait probablement pas de l'après-midi.

Maigret entra néanmoins dans le bureau du directeur de la P.J., alluma la lampe, se mit à lire les titres des ouvrages qui remplissaient les deux bibliothèques d'acajou. Il y avait des ouvrages de statistiques que personne n'avait jamais ouverts, des livres techniques en plusieurs langues, que les auteurs ou les éditeurs envoyaient automatiquement. Les traités de criminologie étaient nombreux, comme ceux de police scientifique et de médecine légale.

Maigret trouva enfin sur un rayon plusieurs ouvrages de psychiatrie et en feuilleta trois ou quatre avant d'en choisir un qui lui parut rédigé en un langage plus simple et plus accessible que les autres.

Le soir, il emporta le livre chez lui. Après dîner, en pantoufles devant le feu de bûches, avec la radio qui jouait en sourdine, il se mit à lire, tandis que Mme Maigret réparait des poignets de chemises.

Il n'avait pas l'intention de lire le gros bouquin en entier et il y avait des pages entières que, malgré ses courtes études de médecine, il était incapable de comprendre.

Il cherchait certaines têtes de chapitres, certains mots qui avaient été prononcés le matin au cours de son entretien avec Pardon, des mots dont tout le monde croit connaître le sens mais qui, pour les professionnels, ont une résonance très différente...

... Névroses... Pour Adler, le point de départ de la névrose est un sentiment menaçant d'infériorité et d'insécurité... Une réaction défensive contre le sentiment du malade pousse le malade à s'identifier avec une structure idéale fictive...

Il répétait à mi-voix, ce qui faisait lever la tête de sa femme :

— ... structure idéale fictive...

... Syndrome physique... Les neurasthéniques sont bien connus des spécialistes de tout ordre... Sans lésion appréciable des organes, ils souffrent et surtout sont inquiets des complications possibles ; ils multiplient les consultations et les examens...

... Syndrome mental... La sensation d'incapacité domine... Physiquement, le malade se sent lourd, endolori, fatigué au moindre effort...

Comme Maigret le matin même. Maintenant encore, il se sentait lourd, peut-être pas endolori, mais...

Il tournait les pages, maussade.

... Constitution dite paranoïaque... Hypertrophie du Moi...

... A l'inverse des sensitifs, ces malades projettent dans la vie familiale et surtout sociale une personnalité, un Moi encombrant et dominant...

... Jamais ils ne se considèrent comme fautifs et responsables... Leur orgueil est caractéristique... Même peu intelligents, ils dominent souvent leur famille par leur autoritarisme et leur certitude tranchante...

Était-ce à Xavier Marton que cela s'appliquait le mieux ou à sa femme ? Et cela ne pouvait-il pas servir à décrire le quart de la population de Paris ?

Psychose revendicative... Persécutés-persécuteurs...

... Il s'agit d'une psychose passionnelle typique dont la situation nosologique a provoqué d'interminables discussions... Avec Kraepelin et Capgras, j'estime qu'elle n'entre pas dans la classe des véritables délires... Le malade se considère comme la victime d'une injustice qu'il veut réparer et cherche à obtenir satisfaction à tout prix...

Xavier Marton ? Mme Marton ?

Il passait des névroses aux psychoses, des psychoses aux psycho-névroses, de l'hystérie à la paranoïa et, de même que les braves gens qui se plongent dans un dictionnaire médical se découvrent tour à tour toutes les maladies, il trouvait, à chaque rubrique, des symptômes qui s'appliqueraient aussi bien à l'un qu'à l'autre de ses personnages.

De temps en temps, il grognait, répétait un mot, une phrase, et Mme Maigret lui lançait de petits coups d'œil anxieux.

A la fin il se leva, en homme qui en a assez, jeta le bouquin sur la table et, ouvrant le buffet de la salle à manger, saisit le carafon de prunelle, en remplit un des petits verres à bord doré.

C'était comme une protestation du bon sens contre tout ce fatras savant, une façon de se retrouver les deux pieds par terre.

Pardon avait raison : à force de rechercher des anomalies du comportement humain, de les classer, de les subdiviser, on en arrivait à ne plus savoir ce qu'était un homme sain d'esprit.

L'était-il lui même? Après ce qu'il venait de lire, il n'en était plus aussi sûr.

— Tu as un cas difficile? questionna timidement Mme Maigret, qui s'occupait rarement de l'activité de son mari Quai des Orfèvres.

Il se contenta de hausser les épaules et de grommeler :

— Une histoire de fous!

Il ajouta un peu plus tard, après avoir vidé son verre :

— Allons nous coucher.

*
* *

Le lendemain matin, pourtant, il se faisait annoncer chez le directeur quelques minutes avant le rapport, et le chef vit tout de suite qu'il était tracassé.

— Qu'est-ce qui ne va pas, Maigret?

Il essaya de lui raconter l'histoire des deux visites aussi succinctement que possible. La première réaction du grand patron fut de le regarder avec une certaine surprise.

— Je ne vois pas ce qui vous ennuie. Du moment que nous ne sommes saisis d'aucune plainte formelle...

— Justement. Chacun est venu me raconter sa petite histoire. Et chaque histoire, en elle-même, n'est pas tellement inquiétante. Mais, quand on essaie de les superposer, on s'aperçoit que cela ne colle pas... Au fait, je vous rends votre livre...

Il le posa sur le bureau et le directeur en regarda le titre, puis regarda le commissaire avec plus de surprise encore.

— Comprenez-moi bien, patron. Et ne croyez pas que je me suis laissé impressionner par ce bouquin. Je ne prétends pas que l'un des deux soit tout à fait fou. Il n'y en a pas moins quelque chose qui cloche. Ce n'est pas sans raison que deux personnes, mari et femme, sont venus me trouver le même jour avec l'air de se confesser. Que, demain ou dans une semaine, ou dans un mois, nous apprenions qu'il y a un cadavre, je ne me sentirais pas la conscience tranquille...

— Vous y croyez ?

— Je ne sais pas. J'y crois sans y croire. C'est un peu comme une enquête à l'envers. D'habitude, nous avons d'abord un crime, et ce n'est qu'une fois celui-ci accompli que nous avons à en chercher les motifs. Cette fois, nous avons des motifs, mais pas encore de crime.

— Vous ne pensez pas qu'il existe des milliers de cas où les motifs ne sont pas suivis de crime ?

— J'en suis sûr. Seulement, alors, on n'est pas venu me les exposer *avant*.

Le chef réfléchit un moment.

— Je commence à comprendre.

— Au point où nous en sommes, je ne peux rien faire. Surtout après la récente campagne de presse sur les libertés prises par la police avec les suspects.

— Alors ?

— Je suis venu vous demander la permission d'en parler à tout hasard au procureur général.

— Pour qu'il ordonne une enquête?

— A peu près. En tout cas, pour mettre ma conscience en paix.

— Je doute du succès.

— Moi aussi.

— Allez-y si cela doit vous rasséréner.

— Je vous remercie, chef.

Il n'avait pas dit exactement ce qu'il s'était promis de dire. Cela tenait sans doute à ce que c'était trop compliqué, encore confus. Alors que la veille, à cette heure-ci, il n'avait jamais entendu parler des Marton, le spécialiste de trains électriques se mettait à hanter sa pensée, et aussi la jeune femme élégante qui, il se l'avouait, lui avait crânement tenu tête alors qu'il avait tout fait pour la troubler.

Il n'y avait pas jusqu'à la belle-sœur, veuve et émouvante, à en croire Janvier, pour le préoccuper comme s'il la connaissait depuis toujours.

— Allô! Ici, Maigret. Voulez-vous demander de ma part, à M. le Procureur Général s'il peut m'accorder quelques minutes?... Ce matin si possible, oui... Allô! Je reste à l'appareil...

C'était dans le Palais de Justice aussi, dans les mêmes bâtiments, mais dans un monde différent, où les murs étaient couverts de lambris sculptés et où on parlait à voix feutrée.

— Tout de suite?... Oui... Je viens...

Il franchit la porte vitrée qui séparait les deux univers, croisa quelques avocats en robe noire, aperçut, attendant entre deux gendarmes près de portes anonymes, des gens qui lui étaient passés par les mains quelques semaines ou quelques mois plus tôt. Certains semblaient heureux de le revoir et lui adressaient un bonjour presque familier.

— Si vous voulez attendre un instant, M. le Procureur Général vous reçoit tout de suite...

C'était presque aussi impressionnant qu'au lycée d'entrer dans le bureau du proviseur.

— Entrez, Maigret... Vous avez demandé à me voir ?... Il n'y a pourtant rien de nouveau ?...

— Je voudrais vous soumettre un cas qui est presque un cas de conscience...

Il raconta l'affaire très mal, beaucoup plus mal encore qu'au directeur de la P.J.

— Si je comprends bien, vous avez l'impression qu'un incident va se produire, peut-être un crime ?

— C'est à peu près cela.

— Mais cette impression n'est basée sur rien de précis, sinon sur les vagues confidences d'un homme et sur les explications que sa femme est venue ensuite spontanément vous fournir ? Dites-moi, Maigret, combien de fous, de demi-fous, de maniaques ou simplement d'originaux recevez-vous par an dans votre bureau ?

— Des centaines...

— Et moi, ici, je reçois des milliers de lettres de ces mêmes gens.

Le procureur le regardait en silence, comme s'il avait tout dit.

— J'aurais quand même aimé faire une enquête, murmura le commissaire timidement.

— Quel genre d'enquête? Soyons précis. Questionner les voisins, les employeurs, la belle-sœur, les fournisseurs, que sais-je? D'abord, je ne vois pas à quoi cela vous mènera. Ensuite, si ces Marton sont mauvais coucheurs, ils seront parfaitement en droit de se plaindre...

— Je sais...

— Quant à les obliger, l'un comme l'autre, à se faire examiner par un psychiatre, nous n'en avons pas la possibilité tant qu'une demande en bonne et due forme d'un des conjoints ne nous a pas été adressée. Et encore!...

— Et si un crime est commis...

Un court silence. Un léger haussement d'épaules.

— Ce serait regrettable, certes, mais nous n'y pourrions rien. Et tout au moins, en l'occurrence, n'y aurait-il pas loin à aller pour trouver le coupable.

— Vous permettez quand même que je les fasse surveiller?

— A la condition, d'abord, que ce soit fait assez discrètement pour ne pas nous attirer d'ennuis. A une seconde condition : c'est que cela ne vous oblige pas à employer des inspecteurs qui seraient plus utiles ailleurs...

— Nous sommes dans une période de calme plat...

— Ces périodes-là ne durent jamais longtemps. Si vous voulez le fond de ma pensée, vous êtes en train de vous faire des scrupules exagérés. A votre place, Maigret, je laisserais tomber. Encore une fois, au point où en sont les choses, nous n'avons aucun droit d'intervenir, aucun moyen non plus. Ces histoires entre mari et femme qui se soupçonnent mutuellement, je suis persuadé qu'il en existe des milliers autour de nous...

— Mais ni le mari ni la femme n'ont fait appel à moi.

— Ont-ils vraiment fait appel à vous ?

Il dut convenir que non. Marton ne lui avait rien demandé, en définitive. Mme Marton non plus. La sœur Jenny encore moins.

— Excusez-moi de ne pas vous retenir. Cinq ou six personnes m'attendent et j'ai rendez-vous au ministère à onze heures.

— Je m'excuse de vous avoir dérangé.

Maigret n'était pas content de lui. Il avait l'impression qu'il avait mal plaidé sa cause. Peut-être n'aurait-il pas dû, la veille au soir, se plonger dans le traité de psychiatrie ?

Il marchait vers la porte. Le procureur général le rappelait au dernier moment et son ton n'était plus le même, sa voix était soudain aussi froide que quand il prononçait un de ses fameux réquisitoires.

— Il est bien entendu que je ne vous couvre en rien et que je vous ai interdit, jusqu'à ce qu'un nouveau développement intervienne, de vous occuper de cette affaire ?

— Bien, monsieur le Procureur Général.

Et, dans le couloir, il grommelait, tête basse :

— ... nouveau développement... nouveau développement...

Qui est-ce qui serait le *nouveau développement*, c'est-à-dire la victime ? Lui ou elle ?

Il referma la porte vitrée si brusquement qu'il faillit en faire sauter les carreaux.

CHAPITRE IV

LE RESTAURANT DE LA RUE COQUILLIÈRE

Ce n'était pas la première fois, ni sans doute la dernière, que Maigret prenait une colère en sortant du Parquet et ses démêlés avec certains juges, avec le juge Coméliau, en particulier, qui était depuis plus de vingt ans comme son ennemi intime, étaient légendaires au Quai des Orfèvres.

De sang-froid, il ne prenait pas au tragique l'antagonisme qui existait entre les deux milieux. De part et d'autre de la porte vitrée, chacun, ou à peu près, faisait son métier en conscience. Les mêmes gens, malfaiteurs, criminels, suspects et témoins leur passaient tour à tour entre les mains.

Ce qui était le plus différent, ce qui créait de sourds conflits, c'était le point de vue auquel on se plaçait. Ce point de vue ne découlait-il pas directement du recrutement des uns et des autres? Les gens du Parquet, procureurs, substituts, juges d'instructions, appartenaient presque tous aux couches moyennes, sinon supérieures, de la bourgeoisie. Leur genre de vie, après des études purement théoriques, ne les mettait guère en contact, sinon dans leur cabinet, avec ceux qu'ils devaient poursuivre au nom de la société.

D'où, chez eux, une incompréhension quasi congénitale de certains problèmes, une attitude irritante devant certains cas que les hommes de la P.J. vivant pour ainsi dire dans une intimité permanente et presque physique avec le monde du crime, évaluaient d'instinct.

Il y avait aussi tendance, côté Palais de Justice, à une certaine hypocrisie. En dépit d'une apparente indépendance, dont on parlait beaucoup, on y avait plus peur qu'ailleurs d'un froncement de sourcils du ministre et, si une affaire qui remuait l'opinion traînait un peu, on talonnait la police, qui n'allait jamais assez vite. A celle-ci de tirer son plan et d'employer les moyens voulus.

Mais que les journaux viennent à critiquer ces moyens, les magistrats du Parquet s'empressaient de s'indigner avec eux.

Ce n'était pas sans raison que le commissaire était allé voir le procureur général. Comme cela arrive périodiquement, on était dans une mauvaise passe. Il y avait eu, non par la faute de la P.J., heureusement, mais de la Sûreté Générale, rue des Saussaies, un incident qui s'était envenimé et avait provoqué une interpellation à la Chambre.

Dans un cabaret de nuit, le fils d'un député avait frappé violemment un inspecteur qui, prétendait-il, le suivait depuis plusieurs jours. Une bagarre générale avait suivi. On n'avait pu étouffer l'affaire et la Sûreté avait été obligée d'avouer qu'elle enquêtait sur le jeune homme soupçonné, non seulement de s'adonner à l'héroïne, mais de servir de rabatteur à des trafiquants.

Il en était résulté un déballage écœurant. Selon le député dont le fils avait été frappé, un des trafiquants était indicateur de police et le père prétendait que c'était sciemment, sur ordre de la Place Beauvau, afin de le compromettre, lui, en tant qu'homme politique, qu'on avait fait du jeune homme un intoxiqué.

Comme par hasard — ces affaires-là n'arrivent jamais seules — il y avait eu, la semaine suivante, une histoire de passage à tabac dans un commissariat.

Pour un temps, donc, la police avait mauvaise presse et Maigret, ce matin, avait préféré prendre ses précautions.

Rentré dans son bureau, il n'en était pas moins décidé à tricher avec les instructions reçues, d'autant plus que ces instructions ne sont jamais données pour être prises à la lettre. Le procureur s'était couvert, tout simplement, et si, demain, on trouvait un mort avenue de Châtillon, il serait le premier à reprocher au commissaire son inaction.

Puisqu'il devait tricher, il tricha, sans enthousiasme. Il ne pouvait plus se servir de Janvier que, assez curieusement, Marton avait repéré tout de suite aux Magasins du Louvre, et qui s'était déjà montré dans la maison des Marton.

De tous les autres, c'est Lucas qui aurait

montré le plus de flair et de doigté, mais Lucas avait un défaut : on devinait sans peine sa profession.

Il choisit le jeune Lapointe, moins entraîné, moins expérimenté, mais qui, lui, passait souvent pour un étudiant ou un jeune employé.

— Écoutez, mon petit...

Il lui donna longuement, paresseusement des instructions, avec d'autant plus de détails que ces instructions, au fond, étaient vagues. D'abord aller acheter un jouet quelconque, sans s'attarder, sans insister, aux Magasins du Louvre, afin de repérer Marton et de le reconnaître ensuite.

Puis, à l'heure du déjeuner, se tenir à proximité de la porte du personnel et filer le spécialiste en trains électriques.

Recommencer le soir, au besoin. Entre temps, dans l'après-midi, aller jeter un coup d'œil à la boutique de lingerie de la rue Saint-Honoré.

— Rien ne prouve que vous n'êtes pas fiancé...

Lapointe rougit, car c'était presque le cas. Presque, seulement, car les fiançailles n'étaient pas encore officielles.

— Vous pouvez, par exemple, acheter une chemise de nuit pour votre fiancée. Pas trop coûteuse, de préférence...

Et Lapointe de riposter timidement :

— Vous croyez qu'on fait cadeau d'une chemise de nuit à sa fiancée ? Ce n'est pas un peu intime ?

On verrait après comment en apprendre davantage, sans se découvrir, sur le couple Marton et sur la jeune belle-sœur.

Lapointe parti, Maigret travailla, signant des pièces, du courrier, écoutant des rapports de ses inspecteurs sur des affaires peu importantes. Marton et sa femme n'en restaient pas moins, comme une toile de fond, derrière ses préoccupations du moment.

Il avait un faible espoir, auquel il ne croyait pas trop : c'est qu'on vienne lui annoncer que Xavier Marton demandait à le voir.

Pourquoi pas? S'il était parti, la veille, pendant que Maigret était chez le chef, n'était-ce pas parce que le temps qu'il s'était accordé était écoulé, parce qu'il devait retourner au magasin avant une certaine heure? Dans ces établissements-là, la discipline est sévère. Maigret le savait d'autant mieux qu'à ses débuts, il avait fait pendant près de deux ans, la police des grands magasins. Il en connaissait l'atmosphère, les rouages, les règles et les intrigues.

A midi, il rentra déjeuner boulevard Richard-Lenoir et finit par remarquer que c'était le troisième jour qu'on servait des grillades. Il se souvint à temps de la visite de sa femme à Pardon. Elle devait s'attendre à ce qu'il s'étonne des nouveaux menus et elle avait sans doute préparé une explication plus ou moins plausible.

Il évita de la mettre dans cette situation, se montra tendre avec elle, peut-être un peu trop, car elle l'observa avec une pointe d'inquiétude.

Bien entendu, il ne pensait pas tout le temps au trio de l'avenue de Châtillon. Cette affaire lui revenait seulement à l'esprit de temps à autre, par petites touches, presque inconsciemment.

C'était un peu comme un puzzle et cela l'irritait à la façon d'un puzzle auquel on revient malgré soi pour essayer de mettre un morceau en place. La différence c'est que les morceaux, en l'occurrence, étaient en quelque sorte des morceaux d'êtres humains.

S'était-il montré dur avec Gisèle Marton qui, en le quittant, avait la lèvre frémissante comme si elle avait envie de pleurer ?

C'était possible. Il ne l'avait pas fait exprès. C'était son métier d'essayer de savoir. Au fond, elle lui était plutôt sympathique, comme le mari, d'ailleurs.

Il sympathisait avec les couples, et cela le décevait chaque fois que la mésentente s'installait entre un homme et une femme qui s'étaient aimés.

Ceux-ci avaient dû s'aimer, quand ils travaillaient encore tous les deux aux Magasins du Louvre, à l'époque où ils ne disposaient que des deux pièces sans confort au-dessus de l'atelier.

Petit à petit, ils avaient amélioré leur logement. Le menuisier parti, ils s'étaient agrandis en louant le rez-de-chaussée qui, d'après Janvier, était devenu une pièce coquette, et ils avaient fait construire un escalier intérieur afin de n'avoir pas à sortir pour passer d'un étage à l'autre.

Maintenant, tous les deux avaient ce qu'on appelle une belle situation, et ils s'étaient acheté une voiture.

Il y avait une paille, c'était évident. Mais laquelle ?

Une idée lui passa par la tête et elle devait lui revenir à plusieurs reprises. La visite de Marton au docteur Steiner le chiffonnait car, de toute sa carrière, il ne se souvenait pas avoir rencontré un homme allant chez un neurologue ou un psychiatre pour lui demander :

— Croyez-vous que je sois fou ?

Son idée était que, peut-être, Marton avait lu, par hasard ou non, un traité de psychiatrie dans le genre de celui que le commissaire avait parcouru la veille au soir.

Tout en évoquant ainsi les gens de l'avenue de Châtillon, Maigret répondait à des coups de téléphone, recevait une commerçante qui se plaignait d'un vol à l'étalage et qu'il renvoya chez son commissaire de quartier, allait rôder dans le bureau des inspecteurs où régnait toujours le calme plat.

Lapointe ne donnait pas signe de vie et, vers cinq heures, Maigret se retrouva à son bureau, alignant des mots en colonne sur le chemise jaune d'un dossier.

Il avait d'abord écrit : *frustration.*

Puis, en dessous : *complexe d'infériorité.*

C'étaient des termes qu'il n'employait pas d'habitude et dont il se méfiait. Il avait eu, quelques années plus tôt, un inspecteur qui sortait de l'Université et qui n'était resté que quelques mois au Quai. Il devait travailler maintenant dans un bureau de contentieux. Il avait lu Freud, Adler et quelques autres et en avait été tellement marqué qu'il prétendait expliquer toutes les affaires par la psychanalyse.

Durant son bref passage à la P.J., il s'était trompé à tout coup et ses collègues l'avaient surnommé l'inspecteur Complexe.

Le cas de Xavier Marton n'en était pas moins curieux, en ceci qu'on l'aurait dit sorti tout vivant des pages du livre que Maigret avait lu la veille et qu'il avait fini par refermer avec impatience.

Des pages entières du bouquin traitaient de la frustration et de ses conséquences sur le comportement de l'individu. On fournissait des exemples qui auraient pu être le portrait de Marton.

Enfant de l'Assistance Publique, il avait passé son enfance dans une ferme pauvre de Sologne, avec des paysans frustres, brutaux, qui lui arrachaient les livres des mains quand ils le surprenaient à lire.

Il avait néanmoins dévoré toutes les pages imprimées qu'il pouvait se procurer, au petit bonheur, passant d'un roman populaire à un ouvrage scientifique, de la mécanique à des poèmes, avalant indifféremment le bon et le pire.

Il avait accompli un premier pas en entrant dans un grand magasin où, au début, on ne lui avait confié que les plus humbles besognes.

Un fait était caractéristique. Dès que Marton en avait la possibilité, il ne vivait plus dans des meublés plus ou moins miteux, comme la plupart de ceux qui débutent à Paris, mais il avait son propre logement. Ce n'étaient que deux pièces au fond d'une cour ; l'ameublement était sommaire, le confort inexistant, mais il était chez lui.

Il montait. Il se donnait déjà l'illusion d'une existence régulière, bourgeoise, et son premier souci était, avec de maigres moyens, d'améliorer son intérieur.

C'était cela que Maigret plaçait sous la rubrique : complexe d'infériorité. Plus exactement, c'était la réaction de Marton à ce complexe.

L'homme avait besoin de se rassurer. Il avait besoin aussi de montrer aux autres qu'il n'était pas un être inférieur, et il travaillait avec acharnement pour devenir un as incontesté dans sa partie.

Dans son esprit, ne se considérait-il pas un peu comme le *Roi du Train Électrique* ?

Il devenait quelqu'un. Il était devenu quelqu'un. Et, quand il se mariait, c'était avec une jeune fille d'origine bourgeoise, la fille d'un professeur, qui avait son bachot, dont les manières étaient différentes de celles des petites vendeuses qui l'entouraient.

Maigret, hésitant, traçait un troisième mot : *humiliation*.

Sa femme l'avait dépassé. Elle était maintenant presque à son compte, dans un commerce de luxe où elle rencontrait journellement des femmes en vue, la haute société, le Tout-Paris. Elle gagnait plus que lui.

Certaines phrases restaient à Maigret de sa lecture de la veille. Il ne s'en souvenait pas textuellement mais, malgré lui, il s'efforçait de les appliquer à son problème.

Une, par exemple, disant en substance que « les psychopathes s'enferment dans un monde à eux, dans un monde de rêve qui a plus d'importance pour eux que la réalité ». Ce n'était pas tout à fait cela, mais il n'allait pas se donner le ridicule de pénétrer chez le chef pour reprendre le livre et le consulter à nouveau.

D'ailleurs, il n'y croyait pas. Tout cela, ce n'était que spéculations en l'air.

Est-ce que les trains électriques, qu'on trouvait, non seulement rue de Rivoli, mais dans l'atelier de l'avenue de Châtillon, ne répondaient pas assez bien à « ce monde de rêve », à « ce *monde fermé ?* »

Un autre passage lui rappelait le calme de Xavier Marton, l'entretien du Quai des Orfèvres, la logique apparente de l'exposé qu'il avait fait de son cas.

Maigret ne se rappelait plus si c'était à la rubrique des névroses, des psychoses, ou de la paranoïa, car les frontières entre ces différents domaines ne lui paraissaient pas très nettes.

« *... en partant de prémisses fausses...* »

Non. Le texte était différent.

« *... sur des prémisses fausses ou imaginaires, le malade bâtit un raisonnement rigoureux, parfois subtil et brillant...* »

Il y avait quelque chose du même genre au sujet de la persécution, mais, ici, « *le persécuté part de faits réels, en tire des conclusions qui ont une apparence de logique...* »

Le phosphure de zinc était réel. Et n'y avait-il pas dans l'association Harris-Gisèle Marton, ou plutôt Maurice Schwob-Gisèle Marton, une certaine équivoque susceptible d'affecter le mari ?

Le plus troublant, dans cette affaire, c'est

qu'à y regarder de près, le comportement de la jeune femme, étudié à la lueur des mêmes textes, amenait à un diagnostic presque identique.

Elle aussi était intelligente. Elle aussi traitait de leur cas avec une apparente logique. Elle aussi...

Zut!

Maigret chercha une gomme pour effacer les mots qu'il avait écrits sur le dossier jaune, bourra une pipe et alla se camper devant la fenêtre au-delà de laquelle, dans l'obscurité, il ne voyait que le pointillé des réverbères.

Quand le jeune Lapointe frappa à sa porte, une demi-heure plus tard, il était sagement occupé à remplir les blancs d'un questionnaire administratif.

Lapointe, lui, avait l'avantage de venir du dehors, de la vie réelle, et il restait un peu d'air frais dans les plis de son pardessus, son nez était rose de froid et il frottait ses mains l'une contre l'autre pour les réchauffer.

— J'ai fait ce que vous m'avez dit, patron...

— Il ne s'est pas méfié?

— Je ne pense pas qu'il m'ait remarqué.

— Raconte.

— Je suis monté d'abord au rayon des jouets et j'ai acheté le moins cher que j'ai trouvé, une petite auto qui n'est même pas mécanique...

Il la sortit de sa poche, la posa sur le bureau. Elle était jaune canari.

— Cent dix francs. J'ai tout de suite reconnu Marton d'après votre description, mais c'est une vendeuse qui m'a servi. Ensuite, en attendant midi, je suis allé jeter un coup d'œil rue Saint-Honoré, sans y entrer. Le magasin n'est pas loin de la place Vendôme. Une vitrine étroite, avec presque rien à l'étalage : une robe de chambre, une combinaison en soie noire et une paire de mules en satin brodé d'or. Sur la vitre, deux mots : « Harris, lingerie ». A l'intérieur, cela ressemble plus à un salon qu'à un magasin et on sent que c'est une maison de grand luxe.

— Tu l'as vue ?

— Oui. J'y viendrai tout à l'heure. Il était temps que je retourne au Louvre, où j'ai attendu à proximité de la porte du personnel. A midi, c'est une vraie bousculade, comme à une sortie d'école, et tout le monde se précipite vers les restaurants des environs. Marton est sorti, encore plus pressé que les autres, et s'est mis à marcher très vite le long de la rue du Louvre. Il regardait autour de lui et s'est retourné deux ou trois fois, sans faire attention à moi. A cette heure-là, il y a beaucoup de circulation et les trottoirs sont encombrés...

« Il a tourné à gauche dans la rue Coquillière, où il n'a parcouru qu'une centaine de mètres avant d'entrer dans un petit restaurant qui s'appelle le *Trou Normand*. La façade est peinte en brun, avec des lettres jaunes, et le menu polygraphié est affiché à gauche de la porte.

« J'ai hésité et je me suis décidé à entrer quelques instants après lui. C'était plein. On voyait que les gens étaient des habitués et il y a d'ailleurs, sur un mur, un casier où les clients ont leur serviette. Je me suis arrêté au bar. J'ai pris un apéritif.

« — On peut déjeuner ?

« Le patron, en tablier bleu, a regardé dans la salle, où il n'y a qu'une dizaine de tables.

« — Dans quelques minutes, vous aurez une place. Le 3 en est au fromage.

« Marton était au fond, près de la porte de la cuisine, seul devant une nappe en papier et un couvert. Il y avait une place libre en face de lui. Il a dit quelque chose à une des deux serveuses qui paraissait le connaître et celle-ci a apporté un second couvert.

« Quelques minutes se sont écoulées. Marton, qui avait déployé un journal, regardait souvent par-dessus en direction de la porte.

« Bientôt, en effet, une femme est entrée, a fixé tout de suite la table du fond et est allée s'asseoir sur la chaise libre comme si elle en avait l'habitude. Ils ne se sont pas embrassés, ne se sont pas serré la main. Ils se sont contentés de se sourire et il m'a semblé que leur sourire était un peu triste, tout au moins un peu mélancolique. »

— Ce n'était pas sa femme ? interrompit Maigret.

— Non. Sa femme, je venais de l'apercevoir rue Saint-Honoré et je vous en reparlerai. D'après ce que vous m'avez dit, c'était la belle-sœur. L'âge, l'aspect concordent. Je ne sais pas comment expliquer... »

Tiens ! Janvier avait, au sujet de la même femme, prononcé des mots presque identiques.

— On a l'impression d'une vraie femme, je ne sais pas si vous comprenez ce que je veux dire, d'une femme qui est faite pour aimer un homme. Pas pour aimer d'une façon ordinaire, mais comme tous les hommes rêvent d'être aimés...

Maigret ne put s'empêcher de sourire en voyant Lapointe rougir.

— Je te croyais presque fiancé?

— J'essaie de vous expliquer l'effet qu'elle doit produire sur la plupart des gens. On rencontre parfois, comme ça, une femme qui fait tout de suite penser à...

Il ne trouvait plus ses mots.

— A quoi?

— On la voit malgré soi se blottir dans les bras de son compagnon, on sent presque sa chaleur... En même temps on sait qu'elle n'est que pour un seul, que c'est une véritable amoureuse, une amante authentique... J'ai eu bientôt une place, à deux tables d'eux, et cette impression-là m'est restée pendant tout le repas... Ils n'ont pas eu le moindre geste équivoque... Ils ne se tenaient pas la main... Je ne crois même pas qu'ils se soient regardés dans les yeux... Et pourtant...

— Tu penses qu'ils s'aiment?

— Je ne le pense pas. J'en suis sûr. Même la serveuse en robe noire et en tablier blanc, une grande bringue mal peignée, ne les servait pas comme elle servait les autres et avait l'air de se faire leur complice...

— Pourtant, tu as dit en commençant qu'ils étaient tristes.

— Mettons graves... Je ne sais pas, patron... Je suis sûr qu'ils ne sont pas malheureux, parce qu'on ne peut pas être vraiment malheureux quand on...

Maigret sourit une fois de plus en se demandant quel aurait été le rapport d'un Lucas, par exemple, qui n'aurait certainement pas eu les mêmes réactions que le jeune Lapointe.

— Pas malheureux, mais tristes, donc, comme des amoureux qui ne sont pas libres de montrer leur amour...

— Si vous voulez. A un moment, il s'est levé pour lui retirer son manteau, car elle avait eu un coup d'œil vers le poêle. C'est un manteau de lainage noir, avec un peu de fourrure au col et aux poignets. Elle portait une robe noire aussi, en jersey, et j'ai été surpris de voir qu'elle est presque boulotte...

« Il a regardé plusieurs fois l'heure à sa montre. Puis il a demandé à la serveuse de lui apporter son dessert et son café, alors que sa compagne en était encore au rôti de veau.

« Il s'est levé qu'elle mangeait toujours, et, en guise d'adieu, il lui a posé la main sur l'épaule, d'un geste à la fois simple et tendre.

« A la porte, il s'est retourné. Elle lui a souri et il a battu des paupières...

« Je ne sais pas si j'ai eu raison de rester. Je me disais qu'il retournait au magasin. J'ai fini mon dîner presque en même temps que la femme. Marton avait payé l'addition avant de partir. J'ai payé la mienne. Je suis sorti derrière elle et, sans se presser, elle est allée prendre l'autobus de la porte d'Orléans. J'ai supposé qu'elle rentrait avenue de Châtillon et je ne l'ai pas suivie. Ai-je mal fait ? »

— Tu as bien fait. Ensuite ?

— Je me suis promené un peu avant de me rendre rue Saint-Honoré, car les magasins de luxe n'ouvrent guère avant deux heures, certains avant deux heures et demie. Je ne voulais pas arriver trop tôt. J'avoue aussi que j'avais un peu le trac. Enfin, j'avais envie d'apercevoir le patron et je me disais que c'est probablement un homme qui déjeune dans les grands restaurants et qui n'est pas pressé par le temps.

Maigret regardait Lapointe avec une bienveillance un peu paternelle, car il l'avait pris sous sa protection quand, deux ans plus tôt, le jeune homme était entré au Quai des Orfèvres, où il avait fait des progrès surprenants.

— Je vais vous avouer une chose, patron. J'étais si intimidé à la perspective d'entrer dans une boutique comme celle-là que je me suis d'abord envoyé un calvados.

— Continue.

— J'ai failli pousser une première fois la porte vitrée, mais j'ai aperçu deux vieilles dames en manteau de vison assises dans des fauteuils, face à la vendeuse, et je n'ai pas osé. J'ai attendu qu'elles sortent. Une Rolls avec un chauffeur les attendait un peu plus loin.

« Alors, par crainte qu'il arrive une nouvelle cliente, je me suis précipité.

« Au début, je ne regardais rien autour de moi, tant j'étais impressionné.

« — Je voudrais une chemise de nuit pour une jeune fille... ai-je récité.

« Je suppose que c'était Mme Marton qui était devant moi. D'ailleurs, quand, un peu plus tard, je l'ai observée, je lui ai trouvé certains traits communs avec la jeune femme du *Trou Normand*. Mme Marton est un peu plus grande, bien faite aussi, mais son corps paraît plus dur, ce qu'on appelle un corps sculptural. Vous voyez ce que je veux dire ?

« — Quel genre de chemise de nuit ? m'a-t-elle demandé. Asseyez-vous donc...

« Car ce n'est pas le genre de magasin où l'on reste debout. Je vous ai dit que celui-là ressemble à un salon. Dans le fond, des rideaux cachent des espèces de loges qui doivent servir aux essayages et j'ai aperçu, dans l'une d'elles, un grand miroir et un tabouret canné.

« — Quelle est la taille de la jeune fille ?

« — Elle est une peu plus petite que vous, moins large d'épaules...

« Je ne crois pas qu'elle se soit méfiée. Elle m'a regardé tout le temps d'un air protecteur et je sentais qu'elle se disait que j'avais dû me tromper de maison.

« — Nous avons ceci, en soie naturelle, avec dentelle véritable. Je suppose que c'est pour un cadeau ?

« Je bafouillai que oui.

« — C'est le modèle que nous avons créé pour le trousseau de la princesse Hélène de Grèce.

« Je tenais à rester le plus longtemps possible. J'ai dit, hésitant :

« — Je suppose que c'est très cher?

« — Quarante-cinq mille... C'est un 40... Si la jeune fille est d'une autre taille, il faudra que nous fassions la combinaison sur mesures car nous n'avons que celle-ci en magasin...

« — Vous n'avez rien de moins luxueux? Du nylon, par exemple?... »

Maigret remarqua :

— Dites donc, Lapointe, vous avez l'air de vous y connaître. Je croyais qu'on n'achète pas de lingerie à une fiancée...

— Il fallait que je joue le jeu. Au mot nylon, elle a pris un air dédaigneux, pincé.

« — Ici, nous ne tenons pas le nylon. Seulement la soie naturelle et la batiste...

« La porte s'est ouverte. C'est dans la glace, d'abord, que j'ai aperçu un homme vêtu d'un poil de chameau à qui, tout de suite, la vendeuse a adressé un clin d'œil, et je crois bien, patron, que cela voulait dire qu'elle était occupée avec un drôle de client.

« L'homme a retiré son pardessus, son chapeau, a contourné le comptoir et, tirant un rideau de soie, est entré dans un étroit bureau où il a mis ses vêtements au portemanteau. Il laissait derrière lui une trace de parfum. Je continuais à l'apercevoir, penché sur des papiers auxquels il jetait un coup d'œil négligent.

« Puis il revenait dans le magasin où, regardant ses ongles, puis nous regardant tour à tour, comme quelqu'un qui est chez lui, il semblait attendre patiemment que je me décide.

« J'ai demandé à tout hasard :

« — Qu'est-ce que vous avez en blanc? Je voudrais une combinaison très simple, sans dentelle...

« Ils échangèrent encore un coup d'œil et la femme se pencha pour prendre un carton dans un tiroir.

« Le M. Harris, ou Schwob, est un homme comme on en rencontre beaucoup dans les environs de la place Vendôme et des Champs-Élysées, et il pourrait aussi bien s'occuper de cinéma que d'exportation, de tableaux ou d'antiquités. Vous me comprenez, n'est-ce pas! Il doit passer chaque matin chez son coiffeur et se faire faire un massage facial. Son complet est merveilleusement coupé, sans un faux pli, et il n'achète sûrement par ses chaussures toutes faites.

« Il a les cheveux noirs, avec un peu d'argent aux tempes, le visage mat, rasé de près, le regard lointain et ironique.

« — Voici ce que nous avons de moins cher...

« Une combinaison de rien du tout en apparence, avec juste quelques points de broderie.

« — Combien?

« — Dix-huit mille.

« Encore un coup d'œil entre eux.

« — Je suppose que ce n'est pas ce que vous cherchez?

« Et déjà elle ouvrait la boîte pour y remettre la combinaison.

« — Je dois réfléchir... Je reviendrai...

« — C'est ça...

« Je faillis oublier mon chapeau sur le comptoir et dus revenir en arrière. Une fois dehors, la porte fermée, je me retournai et les vis tous les deux qui riaient.

« J'ai parcouru une centaine de mètres, puis je suis passé sur l'autre trottoir. Il n'y avait plus personne dans le magasin. Le rideau du petit bureau était ouvert, la femme assise et le Harris occupé, devant un miroir, à se donner un coup de peigne...

« C'est tout, patron. Je ne peux pas jurer qu'ils couchent ensemble. Ce qui est sûr, c'est qu'ils font bien la paire et qu'ils n'ont pas besoin de parler pour se comprendre. Cela se sent tout de suite.

« Mme Marton ne déjeune pas avec son mari, bien qu'ils travaillent à cinq cents mètres l'un de l'autre, et c'est la belle-sœur qui est allée rejoindre Xavier Marton.

« Je suppose, enfin, que ces deux-là doivent se cacher. Marton, en effet, dispose de peu de temps pour son repas de midi. Tout près des Magasins du Louvre, il existe une quantité de restaurants bon marché où j'ai vu les vendeurs et les vendeuses se précipiter.

« Or, il se donne la peine d'aller assez loin, dans un bistrot qui a une clientèle différente et où on n'aurait pas l'idée d'aller les chercher.

« Mme Marton a-t-elle l'habitude de déjeuner avec M. Harris ? Je n'en sais rien. Le fait qu'il soit arrivé au magasin après elle ne prouve rien... »

Maigret se leva pour régler le radiateur qui, comme la veille, avait tendance à s'emballer. Toute la journée, on s'était attendu à de la neige, qui était annoncée et qui couvrait déjà le Nord et la Normandie.

Est-ce que le commissaire n'avait pas eu raison d'envoyer au diable les traités de psychiatrie et toutes ces histoires de psychoses et de complexes ?

Il avait l'impression, enfin, de se retrouver en face de personnages en chair et en os, des hommes et des femmes avec leurs passions et leurs intérêts.

Hier, il n'était question que d'un couple.

Aujourd'hui, il semblait y en avoir deux et cela faisait une drôle de différence.

— Où m'envoyez-vous maintenant ? questionna Lapointe, qui se passionnait à son tour pour l'affaire et qui craignait d'en être écarté.

— Tu ne peux plus aller rue Saint-Honoré, ni avenue de Châtillon, à présent que les deux femmes t'ont vu...

D'ailleurs, que serait-il allé y faire ? C'était le procureur général qui paraissait avoir raison. Il ne s'était rien passé. Il ne se passerait probablement rien. A moins qu'un des deux couples, saisi d'impatience...

Au moment où le téléphone sonnait, Maigret regarda l'heure à l'horloge de marbre noir de la cheminée, qui avançait toujours de dix minutes. Elle marquait six heures moins vingt.

— Le commissaire Maigret, oui...

Pourquoi ressentit-il un petit choc en reconnaissant la voix? Était-ce parce que depuis la veille au matin, il n'était préoccupé que de celui qui parlait à l'autre bout du fil ?

On entendait des bruits, des voix à l'arrière-fond. Maigret aurait juré que son interlocuteur, anxieux, tenait sa main en cornet devant sa bouche. Il parlait à voix basse.

— Je m'excuse pour hier, mais j'ai été obligé de partir. Je veux seulement savoir si vous serez encore à votre bureau vers sept heures moins le quart, peut-être sept heures moins dix. Nous fermons à six heures et demie...

— Aujourd'hui ?

— Si vous voulez bien...

— Je vous attends.

Marton raccrocha tout de suite, après avoir balbutié un merci, et Maigret regarda Lapointe un peu comme Mme Marton et M. Harris se regardaient dans la boutique de lingerie.

— C'est lui ?

— Oui.

— Il va venir ?

— Dans une heure et quart.

Maigret avait envie de se moquer de lui-même, de toutes les idées qu'il s'était faites à propos d'une affaire qui, dans une heure et quart, lui paraîtrait sans doute toute simple.

— Nous avons le temps d'aller boire un demi à la brasserie Dauphine, grommela-t-il en ouvrant son placard pour y prendre son pardessus et son chapeau.

CHAPITRE V

UNE FEMME SUR LE QUAI

Ce fut au moment de descendre l'escalier avec Lapointe que l'idée vint à Maigret.

— Je viens tout de suite. Attendez-moi.

Et il se dirigea, encore hésitant, vers le bureau des inspecteurs. Son idée était qu'un de ses hommes prenne Xavier Marton en filature à la sortie des Magasins du Louvre. Il ne savait pas au juste pourquoi, d'ailleurs. Ou plutôt, plusieurs choses pouvaient se passer. D'abord, Marton était susceptible de changer au dernier moment, comme cela lui était arrivé une première fois quand il avait quitté le bureau de Maigret en l'absence de celui-ci. Ou encore sa femme, qui avouait l'avoir suivi les jours précédents, était capable de le guetter à nouveau.

Si elle l'abordait dans la rue, ne la suivrait-il pas avenue de Châtillon ? Il existait d'autres possibilités. Et, même s'il ne se passait rien, Maigret n'était pas fâché de savoir comment le marchand de trains électriques se comportait au moment de cette démarche importante, s'il hésitait, s'il s'arrêtait en route, par exemple, pour se donner du courage en buvant un verre ou deux.

Janvier risquait d'être reconnu. Un autre inspecteur agissant seul, Lucas, par exemple, qui était disponible, mais qui n'avait jamais vu Marton, pouvait ne pas le repérer, à l'aide de son signalement, dans la foule du personnel qui sortait.

— Lucas et Janvier! Filez tous les deux aux Magasins du Louvre. Lorsque les employés s'en iront, que Janvier ne se montre pas, qu'il se contente de désigner Marton au passage et que Lucas se charge, seul, de la filature.

Lucas, peu au courant, questionna :

— Vous croyez que ce sera long, qu'il ira loin?

— Ici, probablement.

Il faillit ajouter :

— Surtout, pas de taxis, pas de frais!

Car il existe des règles administratives que le public ne connaît pas mais qui, pour les gens de la P.J., ont parfois une grande importance. Quand un crime, ou un délit, est commis, et quand la police, par conséquent, enquête en vertu de délégations judiciaires, les frais professionnels des commissaires, inspecteurs et techniciens sont en principe à la charge du coupable. Si on ne l'arrête pas, ou si le tribunal le reconnaît plus tard innocent, le ministère de la Justice paie la note.

S'il s'agit au contraire d'une affaire dont la P.J. s'occupe de sa propre initiative et si, en fin de compte, il n'y a ni crime ni coupable, la note de frais reste à la charge de la Préfecture, c'est-à-dire du ministère de l'Intérieur.

Or, pour les policiers, cela fait une énorme différence. La Justice, qui pense toujours que le criminel paiera, n'est pas trop regardante et n'est généralement pas à un taxi près. La Préfecture, au contraire, épluche les notes, exige des comptes pour les moindres allées et venues qui coûtent de l'argent à la caisse.

En l'occurrence, Maigret ne travaillait-il pas pour qu'il n'y ait ni crime ni coupable ?

Cela signifiait donc pas de note de frais, ou une note de frais aussi modeste que possible, et il savait que, s'il ne se produisait rien, il aurait à justifier l'utilisation de ses hommes.

— Allons-y!

Il n'y avait pas de neige, comme on l'avait annoncé à la radio, mais un brouillard jaunâtre et froid. Les deux hommes, dans la lumière et la chaleur de la brasserie Dauphine, ne burent pas des demis, qui ne paraissaient pas de saison, mais des apéritifs. Accoudés au bar, ils ne parlèrent pas de Marton, bavardèrent un peu avec le patron, après quoi, le col du pardessus relevé, ils revinrent au Quai.

Maigret avait décidé de laisser entrouverte la porte du bureau des inspecteurs et d'installer derrière cette porte Lapointe qui était assez bon sténographe. C'était une précaution, à tout hasard.

A sept heures moins dix, il était assis à son bureau, attendant que le vieux Joseph frappe à la porte. A sept heures moins cinq, il attendait toutours et Lapointe, un crayon bien taillé à la main, attendait aussi derrière la porte.

Le commissaire commençait à s'impatienter quand, à sept heures moins une minute, il entendit enfin des pas, des petits coups familiers, et il vit tourner le bouton de porcelaine blanche.

C'était Joseph. Averti, il se contentait de murmurer :

— C'est le monsieur que vous attendez.

— Faites-le entrer.

— Je vous demande pardon d'être un peu en retard... disait Marton. Cela ne me servait à rien de prendre le métro à cette heure-ci... Deux autobus étaient pleins et je suis venu à pied, me disant que cela irait plus vite...

Il soufflait un peu, semblait avoir chaud d'avoir couru.

— Si vous désirez retirer votre manteau...

— Je ferais peut-être mieux. Je crois que je commence un rhume...

La mise en place prit un certain temps. Il ne savait où poser son pardessus. Il le mit d'abord sur une chaise, s'aperçut que c'était celle où il aurait dû s'asseoir pour être en face du commissaire, le porta à l'autre bout de la pièce.

Enfin, ils furent installés en tête à tête, Maigret fumant sa pipe et observant son visiteur avec plus d'intensité que la veille. Il était presque déçu. Depuis vingt-quatre heures, sa pensée tournait autour de Marton, qui avait fini par devenir un personnage extraordinaire, et il n'avait devant lui qu'un monsieur quelconque, comme on en coudoie des centaines dans le métro ou dans la rue. Il lui en voulait un peu d'être si banal, de se comporter d'une façon si naturelle.

— Je m'excuse encore une fois d'avoir quitté votre bureau sans vous avertir. Au magasin, la discipline est stricte. J'avais obtenu l'autorisation de m'absenter une heure pour me rendre chez mon dentiste, qui habite rue Saint-Roch, à deux pas du Louvre. Ici, je me suis aperçu tout à coup que le temps passait et je devais, à onze heures, être à mon poste pour une livraison de marchandises. J'avais l'intention de laisser un message à votre garçon de bureau, le vieux qui m'a introduit, mais il n'était pas dans le couloir. J'aurais dû vous téléphoner, mais les communications particulières nous sont interdites et la plupart des appareils sont reliés au standard.

— Comment avez-vous fait cet après-midi ?

— J'ai profité pour vous appeler de ce qu'il n'y avait personne dans le bureau du chef d'étage, où il y a un appareil direct. Vous avez remarqué que je me dépêchais de vous dire ce que j'avais à dire et que j'ai raccroché brusquement...

Rien d'extraordinaire dans tout cela.

— A l'heure de midi, quand vous êtes allé déjeuner... objecta pourtant le commissaire.

— D'abord, je me suis dit que vous étiez,

vous aussi, occupé à déjeuner. Ensuite, il m'a semblé que vous ne preniez pas ma démarche très au sérieux...

— Et elle est sérieuse ?

— Certainement. C'est vous qui avez envoyé quelqu'un rôder autour de mon rayon, n'est-ce pas ?

Maigret ne répondit pas. L'autre continua :

— Vous ne voulez pas le dire, mais je suis sûr que c'était un inspecteur.

Il avait dû préparer cet entretien-là comme il avait préparé le premier. Il y avait cependant des moments d'hésitation, comme des vides. Il hésita un bon moment avant de questionner :

— Ma femme est venue vous voir ?

— Qu'est-ce qui vous fait penser ça ?

— Je ne sais pas. Il y a longtemps que je la connais. Je suis sûr qu'elle se doute de quelque chose. Les femmes ont des antennes. Et, avec son caractère, si elle sent le moindre danger, elle attaquera. Vous comprenez ce que je veux dire ?

Un silence, pendant lequel il observa Maigret d'un air de reproche, comme s'il lui en voulait de ne pas jouer franc jeu avec lui.

— Elle est venue ?

Le commissaire hésita à son tour, se rendant compte que c'était une grosse responsabilité à prendre. Si Marton était, à un degré quelconque, un malade mental, la réponse pouvait avoir une influence capitale sur son comportement futur.

Tout à l'heure, seul dans son bureau, Maigret avait failli téléphoner à son ami

Pardon pour lui demander d'être présent à l'entretien. Mais le médecin ne lui avait-il pas déjà dit qu'il n'y connaissait à peu près rien en psychiatrie ?

Xavier Marton était là, sur sa chaise, à un mètre cinquante du commissaire, à parler, à faire des gestes comme n'importe quel visiteur. C'était peut-être un homme normal, qui sentait sa vie menacée et venait honnêtement en faire part à la police.

C'était peut-être aussi un obsédé, un maniaque de la persécution, qui avait besoin qu'on le rassure.

C'était peut-être un fou.

Et c'était peut-être enfin un homme tourmenté par des idées diaboliques, un détraqué aussi, dans un certain sens, mais détraqué lucide, intelligent, ayant échaufaudé un plan minutieux qu'il réaliserait coûte que coûte.

Son visage était banal. Il avait un nez, des yeux, une bouche, des oreilles comme tout le monde. Le sang lui était monté à la tête, à cause du contraste entre le froid du dehors et la chaleur du bureau, et c'était peut-être ce qui faisait briller ses yeux ou encore le rhume de cerveau dont il avait parlé.

Est-ce qu'il commençait vraiment un rhume de cerveau ou n'y avait-il fait allusion que parce qu'il savait que ses yeux allaient briller ?

Maigret était mal à l'aise. Il commençait à soupçonner que l'homme n'était revenu que pour poser la question au sujet de sa femme.

Avait-il épié celle-ci à son tour ? Savait-il qu'elle était venue Quai des Orfèvres et espérait-il apprendre ce qu'elle avait dit ?

— Elle est venue, admit enfin le commissaire.

— Qu'est-ce qu'elle vous a raconté ?

— Ici, d'habitude, on répond aux questions, on n'en pose pas.

— Je vous demande pardon.

— Votre femme est très élégante, monsieur Marton.

Il eut un retroussis mécanique des lèvres qui tenait lieu de sourire et qui n'était pas sans ironie, ni amertume.

— Je sais. Elle a toujours rêvé d'être élégante. Elle a décidé d'être élégante.

Il avait appuyé sur le mot *décidé* comme, dans une lettre, il l'aurait souligné, et Maigret se rappelait qu'il était déjà arrivé à son interlocuteur de mettre ainsi un mot en valeur.

N'avait-il pas lu, dans le traité de psychiatrie, que le fait de souligner les mots avec insistance était souvent un indice de...

Mais il refusait de placer l'entretien sur ce plan-là.

— Hier matin, vous êtes venu me dire que vous craignez pour votre vie. Vous m'avez parlé de l'attitude de votre femme depuis un certain temps, d'un produit toxique que vous avez découvert dans un placard. Vous m'avez dit aussi qu'à plusieurs reprises, après les repas, vous vous êtes senti indisposé. Là-dessus, j'ai été appelé chez le directeur et notre entretien n'a pas repris par la suite, car vous étiez parti. Je suppose que vous aviez d'autres détails à me communiquer?

Marton eut le sourire un peu triste d'un homme qu'on malmène injustement.

— Il y a une façon de poser les questions qui rend difficile d'y répondre, remarqua-t-il.

Maigret s'emporta presque, car on semblait lui donner une leçon et il avait conscience de la mériter.

— Mais, sacrebleu, vous n'allez pas me dire que vous êtes venu ici sans avoir un but déterminé? Est-ce que vous portez plainte contre votre femme?

Marton secoua la tête.

— Vous ne l'accusez pas?

— De quoi? questionna-t-il.

— Si ce que vous m'avez dit est vrai, vous pouvez l'accuser de tentative de meurtre.

— Vous croyez vraiment que cela aboutirait à un résultat? Quelle preuve ai-je en main? Vous-même ne me croyez pas. Je vous ai remis un échantillon de phosphure de zinc, mais je peux tout aussi bien l'avoir mis moi-même dans l'armoire aux balais. Du fait que je suis allé, de mon propre chef, voir un neurologue, on conclura que je ne suis pas tout à fait sain d'esprit, ou encore, ce qui serait aussi plausible, que je m'efforce de le faire croire.

C'était la première fois que Maigret avait devant lui un client comme celui-là et il ne pouvait s'empêcher de le regarder avec stupeur.

Chaque réponse, chaque nouvelle attitude le déroutait. Il cherchait en vain une faille, un point faible et, invariablement, c'était lui qui était remis à sa place.

— Ma femme vous a sûrement parlé de ma neurasthénie. Elle vous aura dit aussi qu'il m'arrive, quand, le soir, je bricole, de trépigner et d'avoir de véritables crises de larmes parce que je ne parviens pas à réaliser ce que j'ai en tête...

— Vous en avez parlé au docteur Steiner?

— Je lui ai tout dit. Pendant une heure, il m'a posé des questions que vous n'auriez pas l'idée de me poser.

— Et alors?

Il regarda Maigret dans les yeux.

— Alors, je ne suis pas fou.

— Vous êtes néanmoins convaincu que votre femme a l'intention de vous supprimer?

— Oui.

—Mais vous ne voulez pas que nous ouvrions une enquête?

— Cela ne servirait à rien.

— Ni que nous vous protégions?

— Comment?

— Alors, encore une fois, pourquoi êtes-vous ici?

— Pour que vous sachiez. Pour que, s'il m'arrive malheur, on ne croie pas à une mort naturelle, comme ce serait le cas si vous n'étiez pas averti. J'ai beaucoup lu au sujet des empoisonnements. D'après vos propres experts, on doit compter neuf empoisonnements criminels ignorés, donc, impunis, pour un empoisonnement dont on découvre l'auteur.

— Où avez-vous lu ça?

— Dans une revue de la police scientifique.

— Vous y êtes abonné?

— Non. Je l'ai lue dans une bibliothèque publique. Maintenant, je peux vous dire une dernière chose : je ne compte pas me laisser faire.

Maigret tressaillit, avec l'impression qu'on en arrivait enfin au noyau de l'affaire.

— Que voulez-vous dire exactement ?

— D'abord, que je prends mes précautions, je vous l'ai dit hier. Ensuite que, justement à cause de la statistique que je viens de citer, je ne me fierai pas à la justice et que, si j'en ai le temps, je ferai justice moi-même.

— Dois-je comprendre que vous tuerez votre femme *d'avance* ?

— Avant de mourir, bien entendu, mais pas avant qu'elle ait réussi à m'empoisonner. Il existe peu de poisons qui provoquent une mort foudroyante et ils sont à peu près tous très difficiles à se procurer. Il s'écoulera donc un certain temps entre le moment où je saurai qu'elle a réussi et le moment où je serai incapable d'agir. J'ai à la maison un revolver chargé. Il est d'ailleurs déclaré régulièrement, vous pouvez vous en assurer à la mairie. Ma femme le sait, car il y a des années que je l'ai. Seulement, depuis quelque temps, il est caché à un endroit où elle ne le trouvera pas. Elle a cherché. Elle continue...

Il y avait des moments où Maigret se demandait s'il ne ferait pas mieux de conduire son homme, tout de suite, à l'infirmerie spéciale du Dépôt.

— Supposons que ce soir, une demi-heure après votre dîner, vous ressentiez des douleurs d'estomac ?

— Ne craignez rien, monsieur Maigret. Je suis capable de faire la distinction entre un empoisonnement et une simple indigestion. En outre, j'ai toujours eu un excellent estomac.

— Mais si vous vous croyez empoisonné, vous agirez ?

— Si je me *sens* empoisonné, je n'hésiterai pas.

— Vous tirerez ?

— Oui.

La sonnerie du téléphone retentit et il sembla au commissaire qu'elle faisait un vacarme inusité dans la pièce où une atmosphère lourde, tendue, comme malsaine, finissait par régner.

— C'est Lucas, patron...

— Oui...

— Je n'ai pas pu vous mettre au courant plus tôt, parce que je ne voulais pas la laisser seule sur le quai...

— Qui ?

— La femme... Je vais vous expliquer... J'ai dû attendre qu'un inspecteur passe près de moi pour lui confier la planque et monter vous téléphoner... C'est Torrence qui a pris ma place...

— Dépêche-toi. Ne parle pas trop fort, car tu fais vibrer le récepteur...

Marton avait-il compris qu'il s'agissait indirectement de lui ?

— Compris, patron... Voilà !... Janvier m'a désigné votre homme au moment où celui-ci sortait du magasin... Je me suis mis à le suivre, seul, tandis que Janvier attendait un autobus...

— Ensuite ?

— Tant que nous marchions dans la foule, qui est dense à cette heure-là, je n'ai rien remarqué. Mais, en traversant la cour du Louvre, puis en atteignant les quais, j'ai compris que je n'étais pas seul à le suivre...

— Continue.

— Il y avait une femme sur ses talons... Je pense qu'elle ne m'a pas remarqué, mais je n'en suis pas sûr... Elle l'a suivi jusqu'au quai des Orfèvres et elle y est toujours, à une centaine de mètres de l'entrée...

— Décris...

— Ce n'est pas la peine. Quand Torrence est passé près de moi et que je lui ai passé la consigne, je suis monté ici et j'ai demandé à Janvier d'aller jeter un coup d'œil en bas, étant donné qu'il s'est occupé de l'affaire... Il vient de remonter et il est près de moi... Voulez-vous que je vous le passe ?

— Oui.

— Allô, patron... C'est la belle-sœur, Jenny...

— Tu es sûr ?

— Certain.

— Elle ne t'a pas reconnu ?

— Non. J'ai pris mes précautions.

— Merci.

— Pas d'instructions ?

— Que Torrence continue à la surveiller.

— Et pour l'homme ? Lucas le suit toujours quand il sortira ?

— Oui.

Il raccrocha, trouva le regard interrogateur de Marton accroché à lui.

— C'est ma femme? questionna l'amateur de trains électriques.

— Que voulez-vous dire?

— Rien. Je devrais savoir que vous ne me diriez quand même pas la vérité.

— Vous avez entendu?

— Non. Seulement, il n'est pas difficile de comprendre, d'après le peu que vous avez dit vous-même. Si c'est ma femme...

— Eh! bien?

— Rien. J'ai eu tort de venir vous voir hier, et à plus forte raison de revenir aujourd'hui. Du moment que vous ne me croyez pas...

— Je ne demande qu'à vous croire. Et tenez! Puisque vous êtes sûr de vous, je vais vous faire une proposition. Le docteur Steiner, tenu par le secret professionnel, ne veut rien me dire.

— Vous désirez que je passe un test devant un autre médecin?

— Devant le spécialiste de l'infirmerie spéciale du Dépôt. C'est un homme intègre. un professeur connu dans le monde entier.

— Quand? Tout de suite?

Maigret se trompa-t-il? Y eut-il, chez son interlocuteur, un instant de panique?

— Non. A cette heure-ci, il m'est impossible de le déranger. Il sera dans son service demain matin.

Tranquillement, Marton répondit :

— Si ce n'est pas de trop bonne heure, j'aurai le temps de prévenir le magasin.

— Vous acceptez?

— Pour quelle raison n'accepterais-je pas?

— Vous acceptez aussi de me signer un

papier attestant que c'est de votre plein gré que vous passez cette visite ?

— Si vous y tenez.

— Vous êtes un curieux homme, monsieur Marton.

— Vous trouvez ?

— Vous êtes ici de votre plein gré aussi, je ne l'oublie pas. Vous n'êtes donc pas obligé de répondre à mes questions. Pourtant, il y en a quelques-unes que j'aimerais vous poser.

— Vous me croirez ?

— J'essayerai, et je peux vous affirmer que je n'ai aucune prévention contre vous.

Cette déclaration ne provoqua qu'un sourire désabusé.

— Vous aimez votre femme ?

— Maintenant ?

— Maintenant, bien entendu.

— Alors, c'est non.

— Elle vous aime ?

— Elle me hait.

— Ce n'est pas l'image que je m'étais faite du couple que vous formez quand vous êtes sorti d'ici hier matin.

— Nous n'avons pas eu le temps d'aller jusqu'au fond des choses et vous n'en aviez d'ailleurs pas envie.

— Comme vous voudrez. Je continue ?

— Je vous en prie.

— Vous l'avez aimée ?

— Je l'ai cru.

— Expliquez-moi ce que vous entendez par là.

— Jusqu'alors, j'avais vécu seul, sans me permettre la moindre distraction. J'ai beaucoup travaillé, vous savez. Parti d'aussi bas que je suis parti, il a fallu un rude effort pour devenir ce que je suis devenu.

— Vous n'aviez jamais eu de rapports avec des femmes quand vous avez rencontré la vôtre ?

— Rarement. Le genre d'aventures que vous devinez. J'en ressentais plus de honte que de plaisir. Alors, quand j'ai rencontré Gisèle, j'en ai fait la femme idéale et c'est cette femme idéale que j'ai aimée. Le mot couple était pour moi un mot prestigieux. J'en rêvais. Nous allions être un couple. J'allais devenir une des moitiés d'un couple. Je ne serais plus seul dans mon logement, dans la vie. Et, un jour, nous aurions des enfants...

— Vous n'en avez pas ?

— Gisèle n'en veut pas.

— Elle vous avait prévenu ?

— Non. Si elle m'avait prévenu, je l'aurais épousée quand même et je me serais contenté du couple...

— Elle vous aimait ?

— Je l'ai pensé.

— Vous vous êtes aperçu un jour que vous vous trompiez ?

— Oui.

— Quand ?

Il ne répondit pas tout de suite. Il semblait se trouver soudain devant un grave problème de conscience et il réfléchissait. Maigret, de son côté, ne le bousculait pas.

— Je suppose, murmura enfin Marton, que vous avez fait une enquête ? Si vous avez envoyé quelqu'un m'épier au magasin, vous avez dû envoyer aussi un de vos hommes avenue de Châtillon.

— C'est exact.

— Dans ce cas, il vaut mieux que je parle franchement. A la question que vous m'avez posée, je réponds : il y a deux ans.

— Autrement dit, c'est à peu près à l'époque où votre belle-sœur est venue habiter avec votre ménage que vous avez compris que votre femme ne vous aimait pas et qu'elle ne vous avait jamais aimé ?

— Oui.

— Pouvez-vous m'expliquer pourquoi ?

— C'est facile. Avant de connaître ma belle-sœur, qui vivait en Amérique avec son mari, je n'étais pas toujours heureux en ménage, mais je me disais que je l'étais autant qu'on peut l'être. Vous comprenez ? Autrement dit, je considérais mes désillusions comme inévitables, me figurant que tous les hommes étaient dans le même cas que moi. Bref, Gisèle était une femme et j'en étais arrivé à croire que ses défauts étaient les défauts inhérents à toutes les femmes.

Il cherchait toujours ses mots, en prononçait certains avec plus d'insistance que d'autres.

— Comme tout le monde, je suppose, j'avais rêvé d'une certaine forme d'amour, d'union, de fusion, appelez ça comme vous voudrez, et, après quelques années ou quelques mois, j'en avais conclu que cela n'existe pas.

— Donc, que l'amour n'existe pas.

— Cet amour-là, en tout cas.

— Que reprochez-vous à votre femme ?

— Ce que vous me faites faire n'est sans doute pas élégant, mais si je ne vous réponds pas sincèrement vous allez encore en tirer des conclusions fausses. Je sais aujourd'hui, par exemple, que, si Gisèle a quitté Rouen et sa famille, ce n'est que par ambition. Pas par amour pour l'homme qu'elle a suivi à cette époque et qui l'a laissé tomber après quelques mois, comme elle voudrait le faire croire. Cet homme-là, c'était le premier échelon, c'était Paris. Même s'il ne l'avait pas quittée, elle ne serait pas restée longtemps avec lui.

C'était curieux de l'entendre parler ainsi sans fièvre, sans passion, comme s'il étudiait un cas impersonnel, en s'efforçant d'être clair et précis.

— Seulement, elle se figurait que cela irait plus vite. Elle était jeune, jolie, désirable. Elle ne s'attendait pas à courir d'antichambre en antichambre et à aller copier les offres d'emplois à la vitrine des journaux pour échouer enfin au rayon de lingerie d'un grand magasin.

— Vous n'êtes pas ambitieux, vous aussi ?

— Ce n'est pas comparable. Laissez-moi en finir avec elle. Elle est sortie le soir avec des collègues, surtout des chefs de service, mais, ou bien ils étaient mariés, ou bien ils ne lui ont pas proposé le mariage. C'est à ce moment-là, alors qu'elle se sentait vieillir, que je suis entré en scène. Trois ou quatre ans plus tôt, elle se serait moquée de moi. L'expérience lui avait montré que j'étais un pis-aller acceptable et elle a fait ce qu'il fallait.

— C'est-à-dire ?

— Elle m'a laissé croire qu'elle m'aimait. Pendant des années, je n'ai pensé qu'au couple que nous formions, à ce que j'appelais notre nid, à ce que j'appelais aussi notre avenir. Je la trouvais froide, mais je me consolais en me disant que les femmes qui ne le sont pas jouent la comédie. Je la trouvais intéressée, avare même, et du coup je me persuadais que toutes les femmes le sont.

— Vous étiez malheureux ?

— J'avais mon travail. Elle s'en moquait, me traitait de maniaque, avait honte, je le sais maintenant, d'être mariée à un homme qui s'occupait de jouets d'enfants et de trains électriques. Elle avait trouvé mieux.

Maigret prévoyait ce qui allait suivre.

— Que voulez-vous dire ?

— Elle a fait la connaissance d'un homme, qui a travaillé un certain temps au magasin, un certain Maurice Schwob. J'ignore si elle l'aime. C'est possible. Celui-là, tout au moins, lui a permis de faire un pas de plus, et un grand pas. Il a épousé une ancienne actrice qui a été longtemps entretenue et qui a beaucoup d'argent...

— C'est pour cette raison que votre femme n'a pas demandé le divorce en vue d'épouser Schwob ?

— Je le suppose. Toujours est-il qu'ils ont monté ensemble un magasin avec l'argent de la vieille.

— Vous croyez qu'ils sont amants ?

— Je le sais.

— Vous les avez suivis ?

— Je suis aussi curieux que n'importe qui.

— Mais vous n'avez pas, vous, demandé le divorce?

Il ne répondit pas. On semblait arriver au fond d'une impasse.

— Cette situation existait déjà avant l'arrivée de votre belle-sœur?

— C'est probable, mais mes yeux n'étaient pas encore ouverts.

— Vous m'avez dit tout à l'heure que c'est depuis que votre belle-sœur vit avec vous avenue de Châtillon que vous avez compris. Vous avez compris quoi?

— Qu'il existe d'autres genres de femmes, de femmes comme celles dont j'avais toujours rêvé.

— Vous l'aimez?

— Oui.

— Elle est votre maîtresse?

— Non.

— Pourtant, il vous arrive de la retrouver en cachette de votre femme?

— Vous savez ça aussi?

— Je connais le petit restaurant qui s'appelle le *Trou Normand.*

— C'est vrai. Jenny vient souvent m'y rejoindre à l'heure du déjeuner. Ma femme, elle, presque toujours, accompagne Schwob dans des endroits plus luxueux. Elle n'est plus de notre monde, vous comprenez?

Ce dernier mot revenait souvent, comme si Marton craignait que Maigret soit incapable de le suivre.

— Vous comprenez?

— Votre belle-sœur vous aime aussi?

— Je crois qu'elle commence.

— Elle commence seulement?

— Elle aimait réellement son mari. Ils formaient un vrai couple, eux. Ils vivaient dans le New Jersey, non loin de New York, dans une jolie maison de campagne. Edgard a été tué au cours d'un accident et Jenny a tenté de se suicider. Elle a ouvert le gaz, un soir, n'a été sauvée que de justesse. Alors, ne sachant plus que faire, elle est rentrée en Europe et nous l'avons recueillie. Elle était encore en grand deuil. Elle ne s'habitue pas à porter autre chose que du noir. Gisèle se moque d'elle, lui conseille de sortir, de s'amuser pour se changer les idées. Moi, au contraire, j'essaie tout doucement de lui rendre le goût de la vie...

— Vous y êtes parvenu ?

Il rougit comme un adolescent.

— Je crois. Vous comprenez maintenant pourquoi elle n'est pas ma maîtresse ? Je l'aime et je la respecte. Je ne voudrais pas, pour une satisfaction égoïste...

Est-ce que Lapointe était en train de sténographier tout ça ? Si cet interrogatoire suivait la voie administrative, c'était sans doute Maigret qui serait couvert de ridicule.

— Jenny sait-elle que sa sœur souhaite votre mort ?

— Je ne lui en ai pas parlé.

— Elle est au courant de votre mésentente ?

— Elle vit avec nous. Remarquez que nous ne nous disputons jamais, ma femme et moi. En apparence, nous menons la vie de tous les ménages. Gisèle est trop intelligente pour provoquer des querelles. Et il y a quand même dix millions à la clef, qui lui permettraient d'être à part égale, dans le commerce de la rue Saint-Honoré, avec ce Schwob qui se fait appeler Harris.

— Quels dix millions ?

— Ceux de l'assurance.

— Quand avez-vous pris une assurance ? Avant ou après l'arrivée de votre belle-sœur ?

— Avant. Il y a environ quatre ans de cela. Gisèle travaillait déjà avec Schwob. Un agent d'assurances nous a rendu visite, comme par hasard, mais j'ai compris plus tard que c'était ma femme qui lui avait demandé de se présenter. Vous savez comment ça va. « On ne sait qui vit ni qui meurt », a-t-il dit. « C'est un réconfort pour celui qui s'en va de savoir que celui qui reste... »

Il rit, pour la première fois, d'un petit rire désagréable.

— J'étais encore ignorant. Bref, nous avons fini par signer une police de dix millions.

— Vous dites *nous* ?

— Oui, puisque c'est une assurance sur deux têtes, comme ils appellent ça.

— Autrement dit, si votre femme vient à mourir vous touchez aussi dix millions ?

— Certainement.

— De sorte que vous avez autant d'intérêt à sa mort qu'elle a en à la vôtre ?

— Je ne le cache pas.

— Et vous vous haïssez tous les deux ?

— Elle me hait, oui.

— Et vous ?

— Je ne la hais pas. Je prends seulement mes précautions.

— Mais vous aimez votre belle-sœur.

— Je ne le cache pas non plus.

— Et votre femme est la maîtresse de Schwob-Harris.

— C'est un fait.

— Avez-vous autre chose à me dire?

— Je ne vois pas. J'ai répondu à vos questions. Je crois même être allé au-devant de certaines d'entre elles. Je suis prêt, demain matin, à passer l'examen dont vous m'avez parlé. A quelle heure dois-je être ici?

— Entre dix heures et midi. Quel est le moment qui vous convient le mieux?

— Ce sera long?

— A peu près comme chez le docteur Steiner.

— Cela signifie une heure. Mettons onze heures, si vous voulez, comme cela je n'aurai pas besoin de retourner au magasin.

Il se levait, hésitant, s'attendant peut-être à de nouvelles questions. Pendant qu'il endossait son pardessus, Maigret murmura :

— Votre belle-sœur vous attend sur le Quai.

Il resta un moment un bras en l'air, la manche à moitié passée.

— Ah!

— Cela vous étonne? Elle ignorait votre visite ici?

Il y eut une seconde d'hésitation, mais elle n'échappa pas à Maigret.

— Certainement.

Cette fois, il mentait, c'était évident. Il avait soudain hâte de s'en aller. Il n'était plus aussi sûr de lui.

— A demain... balbutiait-il.

Et, comme il avait commencé machinalement un mouvement pour tendre la main, il dut aller jusqu'au bout. Maigret la lui serra, le regarda se diriger vers l'escalier, referma la porte derrière laquelle il resta un bon moment immobile, à respirer profondément.

— Ouf!... soupira-t-il tandis que Lapointe le poignet endolori, se montrait dans l'encadrement de l'autre porte.

Il ne se souvenait pas d'un interrogatoire aussi ahurissant que celui-là.

CHAPITRE VI

LA SOIRÉE AU CINÉMA

LUCAS? QUESTIONNA Maigret avec un mouvement de tête vers la porte de communication entre les deux bureaux.

Non seulement Lapointe comprit le sens de la question, mais il comprit qu'à ce moment le commissaire n'avait pas envie de faire de longues phrases.

— Il est allé reprendre la place de Torrence sur le Quai. Comme Torrence n'était pas au courant...

Sans transition, Maigret passa d'une idée à l'autre et, cette fois encore, l'inspecteur le suivit sans peine.

— Qu'est-ce que tu en penses, toi?

En dehors de Janvier, qu'il avait toujours tutoyé, Maigret n'employait le tu — et seulement avec quelques-uns — que dans le feu de l'action, ou encore quand il était très préoccupé. Cela faisait toujours plaisir à Lapointe, car c'était un peu, alors, comme si les deux hommes s'étaient soudain fait des confidences.

— Je ne sais pas, patron. Je l'entendais sans le voir, ce qui est assez différent...

C'était justement pourquoi le commissaire lui demandait son avis. Ils avaient entendu les mêmes mots. Mais le jeune homme, derrière la porte, n'avait pas été distrait par un visage, des yeux, des mains sur lesquels s'éparpillait son attention. Il se trouvait un peu dans la situation des ouvreuses, au théâtre, qui entendent la pièce des couloirs et pour qui les tirades prononcées ont une résonance différente.

— Il m'a donné l'impression d'un homme sincère.

— Pas un peu fou ?

— Il doit être difficile de s'expliquer, avec quelqu'un comme vous en face de soi...

Lapointe avait hésité à dire cela, par crainte d'être mal compris, alors que dans son esprit c'était un compliment.

— Vous comprendrez mieux ma pensée en relisant vos répliques. Il n'y a qu'à la fin...

— Quoi, à la fin ?

— Qu'il a probablement menti. Tout au moins à mon point de vue. La belle-sœur devait savoir qu'il venait ici. Il savait qu'elle le savait. Ce qu'il ignorait, c'est qu'elle l'avait suivi et qu'elle l'attendait sur le Quai. Je pense que cela l'a mis en colère. Vous voulez que je tape le texte tout de suite ?

Maigret fit non de la tête, ajouta :

— J'espère que tu n'auras pas besoin de le taper.

Il commençait à s'impatienter, se demandant pourquoi Lucas ne remontait pas. Il n'y avait aucune raison de suivre le couple jusqu'à l'avenue de Châtillon. Le commissaire avait hâte de savoir comment s'était produit le choc et Lapointe partageait sa curiosité.

— Je me demande, murmurait l'inspecteur, pourquoi il a prétendu que sa belle-sœur n'était pas au courant.

— Il pourrait y avoir une raison.

— Laquelle ?

— Son désir de ne pas la compromettre, d'éviter qu'elle puisse être accusée un jour de complicité.

— Elle ne pourrait l'être que si...

Lapointe s'interrompit, jeta un coup d'œil surpris à son chef. La phrase de Maigret supposait qu'il allait se passer quelque chose, quelque chose qui mettrait Xavier Marton en mauvaise posture. Il n'eut pas le temps d'en parler davantage, car on entendait des pas rapides, assez courts, qui ne pouvaient être que ceux de Lucas. Celui-ci passa par le bureau des inspecteurs, s'encadra dans l'entrebâillement de la porte.

— Je peux entrer, patron ?

Il avait toujours son pardessus sur le dos, un pardessus noir, en tissu pelucheux sur lequel on voyait encore quelques menus points blancs.

— Il neige ?

— Cela commence. De la neige fine, mais dure.

— Raconte.

— La petite, sur le quai, ne devait pas avoir plus chaud que moi, surtout qu'elle porte des souliers légers, et j'entendais battre ses talons sur le pavé. D'abord, elle s'est tenue immobile près du parapet de pierre, en évitant les réverbères. A la façon dont elle était placée, je devinais, bien que je n'aie vu sur sa silhouette, qu'elle regardait les fenêtres éclairées. Il n'y a en plus beaucoup dans la maison. Moi aussi, je les ai vues s'éteindre les unes après les autres. De temps en temps, on entendait des voix sous la voûte. Je ne m'étais jamais rendu compte que nos voix, quand nous sortons d'ici, portent si loin. Des inspecteurs, par groupes de deux ou de trois, sortaient, se souhaitaient le bonsoir, se séparaient...

« Elle se rapprochait insensiblement, comme si les lumières de votre bureau la fascinaient, et elle devenait de plus en plus nerveuse. Je suis sûr qu'à plusieurs reprises elle a été sur le point de traverser la chaussée et d'entrer... »

— Elle a dû se figurer que je l'avais arrêté ?

— Je ne sais pas. Il a fini par sortir, tout seul, et par passer devant l'agent en faction. Tout de suite, il a regardé autour de lui, comme s'il cherchait quelqu'un...

— Il la cherchait. Je venais de lui annoncer qu'elle était là.

— Maintenant, je comprends. Il lui était difficile de la voir là où elle était. Il l'a d'abord cherchée du côté du Pont-Neuf, mais elle se tenait dans la direction opposée. Il est revenu sur ses pas. J'ai cru qu'elle allait profiter du moment où il avait le dos tourné pour s'en aller, ou pour descendre sur le quai de déchargement, mais il l'a découverte avant qu'elle bouge. Je ne pouvais pas entendre ce qu'ils disaient. A leur attitude, j'ai cru comprendre qu'il commençait par lui adresser des reproches. Il ne gesticulait pas mais son attitude était celle d'un homme en colère.

« C'est elle qui lui a glissé la main sous le bras, en lui désignant le factionnaire, et qui l'a entraîné vers le pont Saint-Michel... »

— Un instant, l'interrompit Maigret. De quelle façon lui a-t-elle passé la main sous le bras ?

Si Lucas n'eut pas l'air de comprendre le pourquoi de la question, Lapointe, lui, qui était amoureux, comprit.

— D'une façon naturelle, comme toutes les femmes qu'on voit dans la rue avec leur amant ou leur mari. Il a dû lui faire encore quelques reproches, avec moins d'énergie. Puis je suppose qu'il s'est aperçu qu'elle avait froid et il a passé son bras autour de sa taille. Les bustes se sont un peu rapprochés. Ils se sont mis à marcher du même pas, à une même cadence...

Lapointe et Maigret se regardèrent, pensant la même chose.

— Arrivés au pont Saint-Michel, ils ont hésité puis, traversant la file de voitures, en se tenant toujours par la taille, ils sont entrés dans le bar du coin. Il y avait beaucoup de monde autour du comptoir. C'est l'heure de l'apéritif. Je les voyais à travers les vitres embuées. Je ne suis pas entré. Ils étaient tous les deux debout près de la caisse. Le garçon a préparé un grog et l'a déposé sur le zinc en face de la jeune femme qui a eu l'air de protester. Marton a insisté. Elle a fini par boire le grog, en soufflant dessus, tandis qu'il se contentait d'un café.

— Au fait, demanda Maigret à Lapointe, qu'est-ce qu'il a bu, à midi, au restaurant ?

— De l'eau minérale.

C'était curieux. Si on lui avait posé la question, Maigret aurait parié en effet que l'amateur de trains électriques ne buvait ni vin ni alcool.

— Quand ils sont sortis, achevait Lucas, ils se sont dirigés vers l'arrêt de l'autobus et ont attendu. Je les ai vus monter dans la voiture. Ils allaient dans la direction de la porte d'Orléans et j'ai cru qu'il valait mieux que je vienne vous rendre compte. J'ai bien fait ?

Maigret fit oui de la tête. La neige avait disparu du pardessus de Lucas qui, pendant cette conversation, s'était chauffé les mains au radiateur.

Le commissaire le tutoya, lui aussi.

— Tu as quelque chose de prévu pour ce soir ?

— Rien de spécial.

— Moi non plus, se hâta de dire Lapointe.

— Je ne sais pas auquel de vous deux je vais demander de passer la nuit dehors. Par ce temps-là, ce ne sera pas drôle...

— Moi !... fit le jeune inspecteur en levant la main comme à l'école.

Et Lucas :

— Pourquoi ne pas se partager la planque ? Je peux téléphoner à ma femme que je ne rentrerai pas dîner. Je prendrai un sandwich dans un bar, en face de l'église de Montrouge. Plus tard, Lapointe pourra venir me relever...

— J'y serai vers dix heures, décida Lapointe.

— Plus tard si vous voulez. Pourquoi ne

pas couper la nuit en deux et dire minuit ?

— J'y serai plus tôt. Du moment que je ne me couche pas, j'aime autant faire quelque chose.

— Quelles instructions, patron ?

— Aucune, mes enfants. Et, demain, si on me réclame des comptes, je serai bien en peine de motiver cette planque-là. Ils sont tous les deux venus ici, le mari et la femme. Ils ont tenu, l'un comme l'autre, à me mettre au courant de leurs petites affaires. Logiquement, il ne devrait rien se passer. Mais c'est justement parce que...

Il n'acheva pas sa pensée, qui n'était pas assez nette pour être exprimée avec des mots.

— J'ai peut-être eu tort de lui apprendre que sa femme était venue. J'ai hésité. Puis je me suis dit...

Il haussa les épaules, excédé par cette histoire, ouvrit le placard où se trouvaient son pardessus et son chapeau en grommelant :

— Enfin ! On verra bien... Bonne nuit quand même, mes enfants...

— Bonne nuit, patron.

Et Lucas d'ajouter :

— Je serai là-bas dans une heure.

Dehors, le froid était devenu plus piquant et les flocons, minuscules et durs, à peine visibles dans le halo des réverbères, picotaient la peau où ils semblaient vouloir s'incruster, se posaient sur les cils, les sourcils, sur les lèvres.

Maigret n'eut pas le courage d'attendre un autobus et prit un taxi, dans le fond duquel il se blottit, bien enveloppé dans son lourd manteau.

Toutes les enquêtes qu'il avait faites lui paraissaient d'une simplicité presque enfantine à côté de celle-ci et il s'en irritait. Jamais il ne s'était senti aussi peu sûr de lui, au point de téléphoner à Pardon, d'aller trouver le patron, le procureur, et, voilà un moment encore, de quêter l'approbation de Lapointe.

Il avait l'impression de patauger. Puis, dans la voiture qui contournait la place de la République, une pensée lui vint, qui le rasséréna quelque peu.

Si cette enquête n'était pas comme les autres et s'il ne savait par où la prendre, n'était-ce pas parce que, cette fois, il ne s'agissait pas d'un crime déjà commis, qu'il ne restait qu'à reconstituer, mais d'un crime qui pouvait se commettre d'un moment à l'autre ?

Comme il pouvait fort bien ne pas se commettre! Combien de crimes potentiels, de crimes en puissance, certains minutieusement mis au point dans le cerveau du criminel, ne sont jamais perpétrés ? Combien de gens ont l'intention de se débarrasser de quelqu'un, envisagent tous les moyens d'arriver à leurs fins et, au dernier moment, se dégonflent ?

Des affaires dont il s'était occupé lui revenaient à la mémoire. Certaines d'entre elles ne seraient jamais allées jusqu'à leur dénouement sans l'occasion favorable, parfois sans un hasard. Dans certains cas, si, à un moment donné, la victime n'avait pas prononcé telle phrase, adopté telle attitude, rien ne se serait produit.

Ce qu'il avait à faire, cette fois, c'était, non pas reconstituer les faits et gestes d'un être humain, mais prévoir son comportement, ce qui était autrement difficile.

Tous les traités de psychologie, de psychanalyse, de psychiatrie ne lui étaient d'aucune aide.

Il avait connu d'autres couples dont une des parties, pour une raison quelconque, souhaitait la mort de l'autre.

Les précédents ne lui servaient à rien non plus. Ce n'est qu'avec les professionnels que les précédents sont utilisables, ou encore avec certains maniaques. Et encore! avec des maniaques qui ont déjà tué une ou plusieurs fois et qui récidivent.

Il ne se rendait pas compte que le taxi était arrêté au bord du trottoir. Le chauffeur lui dit :

— Nous y sommes, chef.

La porte de l'appartement s'ouvrit comme d'habitude et Maigret retrouva la lumière, les odeurs familières, les meubles et les objets qui étaient à leur place depuis tant d'années.

Il retrouvait aussi le regard de Mme Maigret qui, comme toujours, surtout quand elle le savait préoccupé, contenait une interrogation muette.

— Qu'en dirais-tu d'aller au cinéma? proposa-t-il.

— Il neige!

— Tu as peur de prendre froid?

— Non. Cela me ferait plaisir d'aller au cinéma.

Elle se doutait qu'il n'avait pas envie de rester dans son fauteuil à tourner et à retourner une même question dans sa tête comme la veille. Une heure plus tard, ils se dirigeaient à pied vers la République et le boulevard Bonne-Nouvelle et Mme Maigret avait accroché sa main au bras de son mari.

La belle-sœur de Xavier Marton, Jenny, avait fait la même chose quand il l'avait surprise sur le quai. Maigret se demandait combien de temps s'était écoulé, après leur première rencontre, jusqu'à ce que sa femme adopte ce geste-là.

A une centaine de mètres du cinéma, où il ne savait même pas quel film on projetait il lui posa la question.

— Je le sais, moi, dit-elle en souriant. Je m'en souviens exactement. Il y avait trois mois que nous nous connaissions. La semaine précédente, tu m'avais embrassée, sur le palier, et, depuis, tu m'embrassais chaque soir au même endroit. Un mardi, tu m'as emmenée à l'Opéra-Comique, où on jouait *Carmen*, et je portais une robe en taffetas bleu. Je pourrais te dire quel parfum j'avais employé. En allant jusqu'au taxi, tu ne me tenais pas, et tu m'as seulement tendu la main pour m'aider à monter en voiture.

« Après le théâtre, tu m'as demandé si je n'avais pas faim. Nous nous sommes dirigés vers les Grands Boulevards, où la Taverne Pousset existait encore.

« J'ai fait semblant de buter à cause de mes hauts talons et j'ai posé la main sur ton bras. Mon audace m'impressionnait tellement que j'en tremblais et, toi, tu as eu la bonne idée de faire semblant de ne t'apercevoir de rien.

« En quittant le restaurant, j'ai fait le même geste et je fais le même depuis lors. »

Autrement dit, Jenny, elle aussi, avait l'habitude. C'est donc qu'il leur arrivait souvent, à elle et à son beau-frère, de se promener ensemble dans les rues.

Cela n'indiquait-il pas qu'ils ne se cachaient pas et que, contrairement à ce que Marton avait laissé entendre, Gisèle Marton était au courant ?

Il se penchait vers le guichet, puis se dirigeait vers l'entrée, deux tickets roses à la main.

On donnait un film policier, avec des coups de feu, des bagarres, un héros dur à cuire qui sautait d'une fenêtre pour se retrouver dans une auto décapotée et qui, en pleine ville, assommant le chauffeur, prenait sa place au volant, roulait à une allure folle, échappait aux voitures de police dont les sirènes hurlaient.

Il souriait malgré lui. Au fond, il s'amusait. Il en oubliait les Marton et la belle-sœur, Harris qui s'appelait Schwob et les petites affaires plus ou moins compliquées des deux couples.

A l'entracte, il acheta des bonbons pour sa femme car, depuis presque aussi longtemps que le geste de Mme Maigret pour lui prendre le bras, c'était une tradition. Une tradition aussi, pendant qu'elle mangeait ses bonbons, de fumer une demi-pipe dans le hall où il regardait vaguement les affiches des prochains films.

La neige tombait toujours quand ils sortirent et les flocons étaient plus épais, on les voyait trembler un instant sur le sol avant de se dissoudre.

On marchait en penchant la tête, pour ne pas les recevoir dans les yeux. Demain, sans doute, la neige blanchirait les toits et les automobiles en stationnement.

— Taxi !

Il avait peur que sa femme prenne froid. Il trouvait qu'elle avait déjà maigri et il avait beau savoir que c'était sur les ordres de Pardon, cela n'était pas sans l'inquiéter. Il lui semblait qu'elle allait devenir plus fragile, qu'elle perdrait peut-être son optimisme, sa bonne humeur.

Comme la voiture s'arrêtait en face de chez eux, boulevard Richard-Lenoir, il murmura :

— Cela t'ennuierait beaucoup que je ne rentre que d'ici une heure ?

Dans tout autre cas, il ne lui aurait pas posé la question ; il lui aurait simplement annoncé qu'il avait affaire. Ce soir, il s'agissait d'une démarche qui n'était pas nécessaire, qui n'avait même aucune raison d'être, et il éprouvait le besoin de s'en excuser.

— Je t'attends ?

— Non. Couche-toi. Je pourrais être retardé.

Il la vit traverser le trottoir en cherchant la clef de l'appartement dans son sac.

— Église Saint-Pierre de Montrouge, dit-il au chauffeur.

Les rues étaient presque vides, le pavé gras, avec des traces sinueuses de voitures qui avaient zigzagué.

— Pas trop vite...

Il pensait :

— S'il doit vraiment se passer quelque chose...

Pourquoi avait-il l'impression que ce serait dans un très court délai? Xavier Marton était venu le voir la veille. Pas une semaine plus tôt, alors que la situation était la même, mais seulement la veille. Cela n'indiquait-il pas une sorte de maturité du drame?

Gisèle, elle aussi, était venue au Quai la veille.

Et son mari était revenu aujourd'hui même.

Il essayait de se rappeler ce que l'on disait à ce sujet dans le livre de psychiatrie qu'il avait parcouru. Peut-être, après tout, avait-il eu tort de ne pas s'y intéresser davantage? Il y avait plusieurs pages sur l'évolution des crises, mais il les avait passées.

Or, une raison pouvait précipiter le drame, si drame il y avait. Xavier Marton avait accepté de subir un test, le lendemain, à onze heures du matin, à l'infirmerie spéciale du Dépôt.

En parlerait-il à sa belle-sœur? A sa femme? Celle-ci ferait-elle part de la nouvelle à son amant de la rue Saint-Honoré?

Le test passé, et quels qu'en soient les résultats, il semblait bien qu'il serait trop tard pour de nouveaux développements.

Le taxi s'arrêtait devant l'église. Maigret payait la course. En face, un café-bar était encore ouvert, où on ne voyait que deux ou trois consommateurs. Maigret poussa la porte, commanda un grog, pas tant pour se réchauffer que parce qu'on lui avait parlé de grog tout à l'heure. Comme il se dirigeait vers la cabine, le garçon l'appela :

— Vous voulez un jeton?

— J'ai seulement un coup d'œil à jeter à l'annuaire.

Sans raison précise, d'ailleurs. En pensant à M. Harris, il s'était demandé si les Marton avaient le téléphone et il allait s'en assurer.

Ils ne l'avaient pas. Beaucoup de Morton, de Martin, mais pas un seul Marton.

— Je vous dois?

Il s'engagea dans l'avenue de Châtillon, qui était déserte et où il n'y avait plus que deux ou trois fenêtres éclairées. Il ne voyait ni Lucas ni Lapointe, et il commençait à s'en inquiéter quand, vers le milieu de l'avenue, un peu après la rue Antoine-Chantin, il entendit près de lui une voix qui disait :

— Ici, patron...

C'était le jeune Lapointe, blotti dans une encoignure, un cache-nez jusqu'au milieu du visage, les mains au plus profond des poches de son manteau.

— J'ai reconnu votre pas dès que vous avez tourné le coin de l'avenue.

— C'est là? questionna le commissaire en désignant de la tête un immeuble en briques jaunes dont toutes les fenêtres étaient obscures.

— Oui. Vous voyez ce trou sombre, à droite de la porte?

C'était une sorte d'impasse, de passage, comme on en trouve encore beaucoup dans Paris, même en plein cœur de la ville. Dans un passage de ce genre, boulevard Saint-

Martin, on avait trouvé une fois un homme assassiné, à cinq heures de l'après-midi, à quelques mètres de la foule qui défilait sur le trottoir.

— Cela donne dans la cour?

— Oui. Ils peuvent entrer et sortir sans appeler la concierge.

— Tu es allé voir?

— J'y vais toutes les dix minutes. Si vous y allez, faites attention. Un énorme chat roux va venir silencieusement se frotter à vos jambes. La première fois, il a miaulé et j'ai eu peur qu'il donne l'alerte.

— Ils sont couchés?

— Ils ne l'étaient pas tout à l'heure.

— Qu'est-ce qu'ils font?

— Je ne sais pas. Quelqu'un doit se tenir au premier, car il y a une lumière, mais on ne peut rien voir à cause des stores. J'ai attendu en vain d'apercevoir une silhouette en ombre chinoise ; il faut croire que la ou les personnes qui sont dans la pièce ne bougent pas ou se tiennent au fond. Le rez-de-chaussée est éclairé aussi. On ne s'en rend compte qu'après un certain temps, car les volets métalliques ne laissent passer que de minces filets de lumière.

Maigret traversa la rue et Lapointe le suivit. Tous les deux évitaient de faire du bruit. Le passage, voûté sur une longueur de trois ou quatre mètres, était froid et humide comme une cave. Dans la cour, ils trouvèrent le noir absolu et, comme ils restaient immobiles, un chat vint effectivement se frotter, non au commissaire, mais à Lapointe, qu'il semblait avoir déjà adopté.

— Ils sont couchés, souffla l'inspecteur. La fenêtre éclairée était juste devant vous.

Sur la pointe des pieds, il s'approcha du volet du rez-de-chaussée, se pencha, revint vers le commissaire. Au moment où les deux hommes s'apprêtaient à faire demi-tour, une lumière s'alluma, non dans le pavillon, mais au troisième étage de l'immeuble.

Tous les deux restèrent immobiles, dans l'ombre, craignant d'avoir été entendus par un locataire, et ils s'attendaient à voir un visage se coller à la vitre.

Il n'en fut rien. Une ombre passa derrière le rideau. Ils entendirent une chasse d'eau.

— Pipi... soupira Lapointe, rassuré.

L'instant d'après, ils étaient à nouveau sur le trottoir d'en face. Chose curieuse, ils étaient comme déçus, l'un et l'autre. Ce fut Lapointe qui murmura :

— Ils se sont couchés.

Cela ne signifiait-il pas qu'il ne se passerait rien, que le commissaire s'était inquiété à tort ?

— Je me demande... commença Maigret.

Deux agents cyclistes apparaissaient, roulant droit vers eux. Ils les avaient repérés de loin et, du bord du trottoir, l'un des deux les interpella à voix haute.

— Qu'est-ce que vous fricotez là, vous autres ?

Maigret s'avança. Le faisceau d'une lampe de poche chercha son visage. L'agent fronça les sourcils.

— Vous n'êtes pas... ? Oh ! pardon, Monsieur le Divisionnaire... Je ne vous avais pas reconnu tout de suite...

Il ajouta, après un coup d'œil à la maison d'en face :

— Vous n'avez pas besoin d'un coup de main ?

— Pas pour le moment.

— En tout cas, on passe toutes les heures.

Les deux hommes à pèlerine s'éloignèrent, saupoudrés de neige, et Maigret rejoignit Lapointe qui n'avait pas bougé.

— Qu'est-ce que je disais ?

— Que vous vous demandiez...

— Ah! oui... je me demandais si la femme et le mari dorment encore dans le même lit...

— Je ne sais pas. D'après ce que Janvier m'a dit cet après-midi, il y a un divan au rez-de-chaussée, ce qui ne signifie pas qu'on y dorme. Logiquement, si quelqu'un y couche, cela devrait être la belle-sœur, non ?

— Bonne nuit, mon vieux. Peut-être peux-tu...

Il hésitait à envoyer Lapointe se coucher. A quoi bon monter la garde devant une maison où il ne se passait rien ?

— Si c'est pour moi que vous hésitez...

Au fond, Lapointe serait vexé de ne pas faire sa planque jusqu'au bout.

— Reste si tu veux. Bonne nuit. Tu ne veux pas aller prendre un verre ?

— J'avoue que j'y suis allé quelques minutes avant votre arrivée. Du bar du coin, je pouvais surveiller la rue.

Quand Maigret arriva à Saint-Pierre de Montrouge, les grilles du métro étaient fermées et aucun taxi n'était en vue. Il hésita entre se diriger vers le Lion de Belfort et prendre l'avenue du Maine en direction de la gare Montparnasse. Il choisit l'avenue du Maine, à cause de la gare, et, en effet, il héla bientôt un taxi qui en revenait à vide.

— Boulevard Richard-Lenoir.

Il n'avait pas la clef de l'appartement, mais il savait la trouver sous le paillasson. Tout chef de la brigade criminelle qu'il était, il n'avait jamais pensé à dire à sa femme que cette cachette était pour le moins illusoire.

Elle dormait et il commença à se déshabiller dans la demi-obscurité, ne laissant que la lampe du corridor allumée. Quelques instants plus tard, une voix partant du lit questionnait :

— Il est tard ?

— Je ne sais pas. Peut-être une heure et demie...

— Tu n'as pas pris froid ?

— Non.

— Tu ne veux pas que je te prépare une tisane ?

— Merci. J'ai bu un grog tout à l'heure.

— Et tu es ressorti ensuite ?

C'étaient de petites phrases banales qu'il avait entendues des centaines de fois, mais elles le frappaient, cette nuit, parce qu'il se demandait si Gisèle Marton les avait jamais prononcées.

N'était-ce pas, justement, faute de les avoir entendues que son mari...

— Tu peux allumer.

Il se contenta d'allumer la lampe de chevet, de son côté du lit, et d'aller éteindre dans le corridor.

— Tu as bien fermé la porte d'entrée?

Il n'aurait pas été surpris, dans quelques minutes, d'entendre sa femme se relever pour aller s'en assurer.

Cela aussi faisait partie d'un tout, d'un tout que Xavier Marton avait sans doute cherché, qu'il n'avait pas trouvé, qui...

Il se glissa dans les draps chauds, éteignit, trouva dans l'obscurité, sans tâtonner, les lèvres de sa femme.

Il croyait qu'il aurait de la peine à trouvers le sommeil et, quelques instants plus tard, il était endormi. Il est vrai que, si on avait allumé brusquement, on aurait découvert qu'il avait les sourcils froncés, une expression concentrée, comme s'il était toujours à la poursuite d'une vérité qui se dérobait.

D'habitude, Mme Maigret se levait sans bruit à six heures et demie et gagnait la cuisine sans qu'il s'en aperçoive. Il ne commençait à prendre conscience de la journée naissante que quand lui parvenait l'odeur du café.

C'était l'heure où d'autres fenêtres s'éclairaient boulevard Richard-Lenoir et dans tous les quartiers de Paris, l'heure aussi à laquelle résonnaient sur les trottoirs les pas des matineux.

Ce jour-là, il ne fut pas tiré du sommeil par l'odeur familière du café, ni par les pas feutrés de sa femme. Ce fut la sonnerie du téléphone, soudain, qui l'arracha au monde de la nuit et, quand il ouvrit les yeux, Mme Maigret, déjà assise dans le lit, lui secouait l'épaule.

— Quelle heure est-il ? balbutia-t-il.

Elle tâtonnait pour trouver l'olive de la lampe de chevet, puis la lumière éclairait le réveille-matin et les aiguilles marquaient six heures dix.

— Allô !... faisait Maigret d'une voix pâteuse. C'est vous, Lapointe ?

— Le commissaire Maigret ?

Il ne reconnaissait pas la voix, fronçait les sourcils.

— Qui est à l'appareil ?

— Ici, Police-Secours. L'inspecteur Joffre.

Cela lui arrivait, dans certains cas déterminés, de donner des consignes à Police-Secours pour qu'on l'avertisse directement si tel ou tel événement se produisait. Il n'avait rien fait de pareil la veille. Ses idées ne s'enchaînaient pas encore. Pourtant, il n'était que surpris.

— Qu'est-ce qu'il y a, Joffre ? C'est Lapointe ?

— Quoi, Lapointe ?

— C'est Lapointe qui vous a demandé de m'appeler ?

— Je n'ai pas eu de nouvelles de Lapointe. Seulement un coup de téléphone, il y a un instant, demandant qu'on vous fasse un message.

— Quel message ?

— De vous rendre tout de suite avenue de Châtillon... Attendez ! J'ai noté le numéro...

— Je connais. Qui était au bout du fil ?

— Je ne sais pas. On n'a pas dit le nom.

— Un homme ? Une femme ?

— Une femme. Elle prétend que vous êtes au courant et que vous saurez ce que cela signifie. Il paraît qu'elle a cherché votre numéro à l'annuaire mais que...

Maigret ne figurait pas à l'annuaire.

— Il n'y a rien que je puisse faire pour vous ?

Le commissaire hésita. Il faillit demander à Joffre de téléphoner de sa part au commissariat du XIVe arrondissement afin qu'on envoie quelqu'un avenue de Châtillon. Puis, à la réflexion, il n'en fit rien. Assis au bord du lit, il cherchait ses pantoufles du bout des pieds. Quant à sa femme, elle était déjà dans la cuisine et il entendait le plouf du gaz sur lequel elle mettait de l'eau à chauffer.

— Rien, merci...

Ce qui l'étonnait, c'est que ce ne soit pas Lapointe qui lui ait téléphoné, alors qu'il était sur place.

De quelle femme s'agissait-il ? De Gisèle Marton ? De la belle-sœur ?

Si c'était une des deux, elle n'avait pas dû sortir de l'immeuble, car Lapointe s'en serait aperçu et aurait personnellement appelé Maigret.

Or, les Marton n'avaient pas le téléphone.

Il appela sa femme.

— Pendant que je m'habille, veux-tu regarder à l'annuaire des téléphones, celui du classement par rues, quels sont les abonnés au 17 de l'avenue de Châtillon ?

Il hésita à se raser, ne le fit pas, malgré sa répugnance à sortir ainsi, afin de gagner du temps.

— 17... Voilà... Immeuble...

— Bon. Cela signifie qu'il y a le téléphone dans la loge.

— Je vois aussi une Mme Boussard, sage-femme. C'est tout. Tu auras du café dans deux minutes.

Il aurait dû dire à Joffre de lui envoyer une des autos du Quai des Orfèvres, mais maintenant ce serait plus long que d'appeler un taxi.

Mme Maigret s'en chargea. Cinq minutes plus tard, après s'être brûlé la bouche en avalant du café trop chaud, le commissaire descendait l'escalier.

— Tu me téléphoneras ? questionnait sa femme, penchée sur la rampe.

C'était une chose qu'elle lui demandait rarement. Elle avait dû le sentir plus préoccupé que d'habitude.

Il promit :

— J'essaierai.

Le taxi arrivait. Il s'y engouffrait, remarquait à peine qu'il ne neigeait plus, qu'il n'y avait pas de traces blanches dans la rue, ni sur les toits, mais qu'une pluie glacée noircissait les pavés.

— Avenue de Châtillon.

Il renifla, car le taxi sentait encore le parfum. Sans doute venait-il de reconduire un couple qui avait passé la nuit à danser dans un cabaret ? Un peu plus tard, il se pencha pour ramasser une petite boule de coton rose comme les grandes personnes s'en lancent, passé minuit, en buvant du champagne.

CHAPITRE VII

L'ESCALIER EN COLIMAÇON

MAIGRET S'ÉTAIT fait déposer au coin de l'avenue de Châtillon et, comme dans son quartier, les trottoirs étaient déserts sous la pluie ; comme boulevard Richard-Lenoir aussi, il y avait quelques lumières aux fenêtres, trois ou quatre par maison ; le temps de parcourir cent mètres, il en vit deux s'allumer, entendit, dans un rez-de-chaussée encore obscur, sonner un réveille-matin.

Il cherchait Lapointe des yeux dans son encoignure, ne le trouvait pas, grommelait des syllabes à mi-voix, maussade, inquiet, mal réveillé.

Dans le couloir de l'immeuble en briques jaunes, il apercevait enfin une femme très petite, aux hanches aussi larges que les épaules, qui devait être la concierge, un employé du métro qui tenait à la main la boîte en fer contenant son déjeuner et une autre femme, une vieille, les cheveux blancs roulés sur des épingles, vêtue d'une robe de chambre en laine bleu ciel et d'un châle d'un violet agressif.

Tous les trois le regardaient en silence et ce n'est que plus tard qu'il sut ce qui s'était passé, connut la raison de l'absence de Lapointe sur le trottoir. Pendant quelques instants, tout au moins, il avait senti un vide dans sa poitrine, car il avait pensé qu'à la suite de circonstances qu'il n'essayait pas de deviner son inspecteur était peut-être la victime.

C'était plus simple, comme toujours. Quand Gisèle Marton était venue téléphoner chez la concierge, celle-ci était levée, occupée à se préparer du café, mais elle n'avait pas encore sorti les poubelles. Elle avait entendu appeler Police-Secours, puis le message de sa locataire, qui était sortie de la loge sans lui donner la moindre information.

La concierge, comme chaque matin, était allée ouvrir un des battants de la porte pour traîner les poubelles sur le trottoir. Lapointe, justement, traversait la rue, avec l'intention de jeter un coup d'œil dans la cour ainsi qu'il l'avait fait plusieurs fois pendant la nuit. A cause du coup de téléphone qu'elle venait d'entendre, la femme l'avait regardé avec suspicion.

— Qu'est-ce que vous cherchez ?

— Je suppose qu'il ne s'est rien passé d'anormal dans la maison ?

Il lui montrait sa médaille.

— Vous êtes de la police ? Il y a quelqu'un, au fond de la cour, qui vient justement d'appeler la police. Qu'est-ce que ça signifie, ces manigances ?

C'est ainsi que Lapointe avait été amené à traverser la cour, sans se cacher, cette fois, et à frapper à la porte sous laquelle il voyait un filet de lumière. Les trois fenêtres du premier étaient éclairées aussi.

Maigret, lui, n'avait pas besoin de frapper. On avait entendu ses pas et c'était Lapointe qui, de l'intérieur, lui ouvrait la porte, un Lapointe pâle de fatigue, et aussi de ce qu'il venait de découvrir. Il ne disait pas un mot, le spectacle qui s'offrait à son patron parlant par lui-même.

Le divan de l'atelier-salon se transformait bien en lit pour la nuit et c'était Xavier Marton qui y couchait. On voyait les draps en désordre, l'oreiller de travers et, par terre, sur le tapis de jute beige, à mi-chemin entre le lit et l'escalier en colimaçon qui conduisait au premier étage, le corps de l'amateur de trains électriques, en pyjama, à plat ventre, face contre terre.

Les rayures rouges du pyjama soulignaient encore sa contorsion. On aurait dit qu'il s'était affaissé alors qu'il marchait à quatre pattes et il était tout tordu, le bras droit en avant, les mains crispées, comme si, dans un dernier effort, il avait tenté d'atteindre le revolver à barillet qui se trouvait, par terre aussi, à une vingtaine de centimètres de ses doigts.

Maigret ne demanda pas s'il était mort. C'était évident. Trois personnes l'observaient en silence, car les deux femmes étaient là, presque aussi immobiles que le cadavre, en tenue de nuit, elles aussi, un peignoir passé sur leur chemise, les pieds nus dans des pantoufles. Les cheveux de Jenny, plus bruns que ceux de sa sœur, lui tombaient en partie sur le visage et cachaient un de ses yeux.

Machinalement, ne pensant pas à ce qu'il disait, Maigret murmura, s'adressant à Lapointe :

— Tu n'as touché à rien?

Lapointe faisait signe que non. Ses yeux étaient cernés et sa barbe, comme celle du mort et comme celle de Maigret, avait poussé pendant la nuit.

— Préviens le commissariat du quartier. Téléphone à l'Identité Judiciaire qu'ils nous envoient tout de suite les photographes et les experts. Appelle aussi le docteur Paul...

— Et le Parquet?

— Il sera temps plus tard.

Dans cette partie-là du Palais de Justice, la vie ne commençait pas d'aussi bonne heure qu'au Quai des Orfèvres et Maigret n'avait pas envie d'avoir trop tôt ces messieurs dans les jambes.

Il épiait les deux femmes. Ni l'une ni l'autre n'avait eu l'idée de s'asseoir. Adossée au mur, près de la table au train électrique, la belle-sœur, un mouchoir roulé en boule à la main, tamponnait parfois ses yeux rouges, reniflait comme si elle avait un rhume de cerveau. Elle avait de grands yeux sombres et doux, craintifs, qui rappelaient ceux des animaux de la forêt, des chevreuils, par exemple, et il se dégageait d'elle une chaude odeur de lit.

Plus froide ou plus composée, Gisèle Marton regardait le commissaire et ses mains avaient de temps en temps une crispation involontaire.

Lapointe était sorti, avait traversé la cour. Il devait être occupé à téléphoner de la loge de la concierge. Les deux femmes s'attendaient sans doute à ce que Maigret les interroge. Peut-être avait-il hésité un moment à le faire mais, en fin de compte, il se contenta de pronocer à mi-voix :

— Allez vous habiller.

Cela les dérouta, Jenny plus encore que Gisèle. Elle ouvrit la bouche pour parler, ne dit rien, se décida, après un regard dur, haineux à sa sœur, à s'engager la première dans l'escalier ; tandis qu'elle montait, le commissaire pouvait voir ses cuisses nues et blanches.

— Vous aussi...

La voix un peu rauque, Gisèle disait :

— Je sais.

Elle semblait attendre que sa sœur soit enfermée dans sa chambre pour monter à son tour.

Maigret ne resta que quelques instants seul avec le corps de Marton et c'est à peine s'il eut le temps de faire, des yeux, l'inventaire de la pièce. Celle-ci n'en était pas moins photographiée dans son esprit, avec ses moindres détails, et il savait qu'il les retrouverait dans sa mémoire quand il en aurait besoin.

Il entendit une auto qui s'arrêtait, un grincement de freins, un claquement de portière. Puis ce furent des pas dans la cour et, comme Lapointe l'avait fait pour lui, il ouvrit la porte.

Il connaissait Boisset, l'inspecteur du XIVe arrondissement, qui était accompagné d'un agent en uniforme et d'un petit homme grassouillet portant une trousse de médecin.

— Entrez tous les trois... Je crois, docteur, que vous n'avez qu'à constater le décès... Le docteur Paul ne tardera pas à arriver...

Boisset les questionnait des yeux.

— Une affaire dont je m'occupe depuis deux jours, murmurait Maigret. Je vous expliquerai plus tard... Pour le moment, il n'y a rien à faire...

Ils entendaient des pas au-dessus de leurs têtes, un bruit de robinet, une chasse d'eau.

Comme Boisset levait des yeux surpris vers le plafond, Maigret dit encore :

— La femme et la belle-sœur...

Il se sentait aussi las que si c'était lui, et non Lapointe, qui avait passé la nuit dehors, dans le froid et la pluie. L'inspecteur ne tardait pas à revenir. Le médecin, après s'être agenouillé un moment, se redressait. Il avait braqué une lampe de poche sur les prunelles fixes du mort, puis avait approché son visage des lèvres de celui-ci et avait reniflé.

— A première vue, cela ressemble à un empoisonnement.

— C'en est un.

Lapointe faisait signe à Maigret qu'il avait accompli sa mission. On entendait des chuchotements dans la cour. Plusieurs personnes s'étaient approchées du volet toujours fermé.

Maigret dit à l'agent en uniforme :

— Vous feriez bien d'aller dehors empêcher les rassemblements.

Le médecin questionnait :

— Vous avez encore besoin de moi?

— Non. On vous donnera plus tard les renseignements d'identité pour l'acte de décès.

— Bonsoir, messieurs! Boisset sait où me trouver...

Gisèle Marton descendit la première et Maigret remarqua tout de suite qu'elle portait son tailleur et avait son manteau de fourrure sur le bras. Elle tenait aussi un sac à main qui indiquait qu'elle s'attendait à être emmenée. Elle avait pris le temps de se maquiller, d'une façon discrète, d'ailleurs. L'expression de son visage était grave, réfléchie, avec encore des traces de stupeur.

Quand Jenny se montra à son tour, elle était en robe noire. Remarquant la tenue de sa sœur, elle questionna, après s'être humecté les lèvres :

— Je dois prendre un manteau?

Maigret battit des paupières. Celui qui l'observait le plus intensément, c'était Lapointe, qui avait rarement été aussi impressionné par l'attitude du patron. Il sentait que ce n'était pas une enquête ordinaire, que le commissaire n'avait pas l'intention d'employer des moyens ordinaires, mais il n'avait pas la moindre idée de ce qu'il voulait faire.

Les nerfs étaient si tendus que ce fut un soulagement de voir Boisset allumer une cigarette. Il tendit son paquet à Lapointe, qui refusa, puis, avisant Gisèle qui attendait comme sur un quai de gare, en évitant de regarder le mort, il prononça :

— Vous fumez ?

Elle en prit une. Il approcha la flamme de son briquet et elle se mit à aspirer nerveusement.

— Vous avez une voiture de police à la porte ? demanda Maigret à l'inspecteur du quartier.

— Je l'ai gardée à tout hasard.

— Je peux m'en servir ?

Il regardait toujours autour de lui comme pour s'assurer qu'il n'oubliait aucun détail. Il allait donner aux deux femmes le signal du départ lorsqu'il changea d'avis.

— Un instant...

Et il monta à son tour, seul, au premier étage, où les lampes étaient restées allumées. Il n'y avait que deux chambres, une salle de bains et un cabinet de débarras où s'entassaient des valises, des vieilles malles, un mannequin de couturière, et, à même le plancher, deux anciennes lampes à pétrole ainsi que des livres poussiéreux.

Il entra dans la première chambre, la plus grande. Elle contenait un lit de deux personnes et l'odeur lui apprit qu'il était chez Mme Matron. Le placard le lui confirma aussi, car il y trouva des vêtements du genre de ceux qu'il lui connaissait, simples, élégants, voire luxueux. Sur une planche un peu au-dessus du plancher, s'alignaient une douzaine de paires de chaussures.

Le lit était défait, comme en bas. On y avait jeté négligemment la chemise de nuit et le peignoir rose saumon. Sur la coiffeuse, des pots de crème, des flacons, un nécessaire de manucure en argent, des épingles dans un bol chinois.

Dans un autre placard, des vêtements d'homme, deux complets seulement, une veste de sport, deux paires de souliers, des espadrilles. Il ne devait pas y avoir de placard en bas et Marton continuait à ranger ses effets dans la chambre conjugale.

Il ouvrit les tiroirs des commodes, poussa une porte et se trouva dans la salle de bains. Sur la tablette de verre, il vit trois verres à dents, avec une brosse dans chacun, ce qui indiquait que chacun y venait tour à tour. Du rouge à lèvres sur des serviettes froissées, dont une avait été jetée par terre. Et, sur le bol de faïence du cabinet, sur le carrelage à l'entour, des petites taches séchées, comme si quelqu'un, au cours de la nuit, avait été pris de vomissements.

L'autre chambre ne donnait pas sur la salle de bains. Il fallait passer par le couloir. Elle était plus petite, tapissée d'un papier bleu à fleurs, et le lit était un lit d'une personne.

Il y avait plus de désordre que dans la première. On n'avait pas refermé la porte du placard. Un manteau de tweed portait la marque d'une maison de New York. Beaucoup moins de chaussures, quatre paires seulement, dont deux provenaient aussi d'Amérique. Enfin, sur la table couverte de toile brodée, qui servait de coiffeuse, un fouillis d'objets hétéroclites, un crayon à mine cassée, un stylo, de la monnaie, des peignes, des épingles à cheveux, une brosse qui avait perdu une partie de ses poils.

Maigret enregistrait toujours. Quand il redescendit, il restait aussi lourd, avec des yeux qui bougeaient à peine.

Il découvrit que la cuisine était au rez-de-chaussée, derrière une cloison qu'on avait dressée dans un angle de ce qui avait été un atelier de menuisier. Il en poussa la porte, tandis que Gisèle Marton le suivait toujours du regard. La cuisine était exiguë. Elle comportait un réchaud à gaz, une armoire blanche, un évier, une table couverte de toile cirée.

Aucune vaisselle ne traînait. La faïence de l'évier était sèche.

Il retrouva les autres, toujours figés comme dans un musée de cire.

— Tu recevras ces messieurs du Parquet... dit-il à Lapointe. Excuse-moi auprès du docteur Paul de ne pas l'avoir attendu. Demande-lui de me téléphoner dès qu'il aura fait le nécessaire. Je vais t'envoyer quelqu'un, je ne sais pas encore qui...

Il se tourna vers les deux femmes.

— Si vous voulez bien me suivre...

Des deux, la belle-sœur était la plus effrayée et on aurait dit qu'elle répugnait à quitter la maison. Gisèle, au contraire, avait ouvert la porte et, très droite, attendait sous la pluie.

Le sergent de ville avait refoulé les curieux de la cour, mais il ne pouvait les empêcher de faire cercle devant l'impasse, sur le trottoir. La vieille femme était toujours là, son châle violet sur la tête en guise de parapluie. L'employé du métro avait dû, à regret, se rendre à son travail.

On les regardait comme le public regarde toujours ces allées et venues qui lui semblent à la fois mystérieuses et dramatiques. L'agent écartait la foule pour permettre l'accès de la voiture et le commissaire laissait passer les deux femmes devant lui.

Une voix fit :

— Il les arrête...

Il referma la portière derrière elles, contourna l'auto pour prendre place à côté du chauffeur en uniforme.

— A la P.J.

On commençait à sentir, bien que vaguement, la naissance du jour. La pluie devenait grise, le ciel sale. On dépassait des autobus et des gens mal éveillés plongeaient dans les escaliers du métro.

Quand on atteignit les quais, les réverbères n'avaient déjà presque plus d'éclat et les tours de Notre-Dame se détachaient sur le ciel.

L'auto entra dans la cour. Pendant le trajet, les deux femmes n'avaient pas dit un mot, mais l'une d'elles, Jenny, avait reniflé à plusieurs reprises. Une fois, elle s'était mouchée longuement. En descendant de voiture, elle avait le nez rougi, comme Marton lors de sa première visite.

— Par ici, mesdames.

Il les précédait dans le grand escalier qu'on était en train de balayer, poussait la porte vitrée, cherchait des yeux Joseph qu'il ne voyait pas. Il finit par les faire entrer dans son bureau, où il alluma les lampes, jeta un coup d'œil dans le bureau des inspecteurs qui n'étaient encore que trois, trois qui ne connaissaient rien de l'affaire.

Il choisit Janin, à tout hasard.

— Voulez-vous rester un moment dans mon bureau avec ces dames ?

Et, tourné vers elles :

— Asseyez-vous, je vous en prie. Je suppose que vous n'avez pas pris de café ?

Jenny ne répondit pas. Mme Marton fit non de la tête.

Ostensiblement, Maigret alla à la porte, la ferma à clef de l'intérieur, et mit la clef dans sa poche.

— Voux feriez mieux de vous asseoir, répéta-t-il, car vous en avez pour un certain temps.

Il entra dans l'autre bureau.

— Baron ! Téléphonez donc à la Brasserie Dauphine. Qu'ils apportent un grand pot de café... Du café noir... Trois tasses et des croissants...

Après quoi, il se laissa tomber sur une chaise, près de la fenêtre, décrocha un autre appareil, demanda le numéro privé du procureur général. Celui-ci devait à peine se lever et sans doute était-il occupé à s'habiller ou à prendre son petit déjeuner. Pourtant, ce ne fut pas une domestique qui répondit, mais lui-même.

— Ici, Maigret, Monsieur le Procureur Général... Marton est mort... L'homme dont je vous ai parlé hier matin... Non, je suis au Quai des Orfèvres... J'ai laissé un inspecteur avenue de Châtillon, Lapointe... Le docteur Paul est prévenu... L'Identité Judiciaire, aussi, oui. oui... Je ne sais pas... J'ai les deux femmes dans mon bureau...

Il parlait à voix basse, bien que la porte de

communication entre les deux pièces fût fermée.

— Je ne crois pas que je puisse aller là-bas ce matin... Je vais envoyer un autre inspecteur pour relayer Lapointe...

Il avait presque l'air d'un coupable. La communication finie, il regarda sa montre, préféra attendre, pour l'envoyer sur les lieux, l'arrivée de Janvier, qui n'allait pas tarder et qui était au courant.

Après s'être passé la main sur les joues, il demanda au troisième inspecteur, Bonfils, occupé à rédiger son rapport sur les faits divers de la nuit :

— Voulez-vous aller dans mon placard chercher mon rasoir, mon savon à barbe et ma serviette ?

Il préférait ne pas faire ça lui-même devant les deux femmes. Ses objets de toilette à la main, il gagna le couloir, entra dans les lavabos où il retira son veston et se rasa. Il prit son temps, comme pour retarder le moment de faire ce qu'il lui restait à faire. Le visage passé à l'eau froide, il retrouva ses collaborateurs et, en plus, le garçon de la Brasserie Dauphine qui ne savait où poser son plateau.

— Dans mon bureau... Par ici...

Il décrocha encore une fois le téléphone et c'est à sa femme, cette fois, qu'il parla.

— Je vais avoir une matinée chargée. Je ne sais pas encore si je pourrai rentrer déjeuner.

A cause de sa voix fatiguée, elle s'inquiéta :

— Il n'y a rien de mauvais ?

Que pouvait-il répondre ?

— Ne t'inquiète pas. Je vais prendre mon petit déjeuner.

Il recommanda enfin à Bonfils :

— Quand Janvier arrivera, dites-lui de venir me voir.

Il pénétra dans son bureau, d'où sortait le garçon de café, rendit sa liberté à Janin. Puis, toujours comme au ralenti, ou comme dans un rêve, il versa du café dans les trois tasses.

— Sucre ? demanda-t-il, à Gisèle Marton d'abord.

— Deux morceaux.

Il lui tendit sa tasse, l'assiette de croissants, mais elle fit signe qu'elle ne désirait pas manger.

— Sucre ?

La belle-sœur faisait non de la tête. Elle ne mangea pas non plus et il fut le seul, sans appétit, à grignoter un croissant encore tiède.

Le jour était levé, mais il ne faisait pas encore assez clair pour éteindre les lumières. Deux fois encore, Jenny avait ouvert la bouche pour poser une question et le regard du commissaire lui avait les deux fois enlevé l'envie de parler.

Le moment était arrivé. Maigret, qui s'était versé une seconde tasse de café, bourrait lentement une pipe choisie parmi les pipes éparses sur son bureau.

Debout, il regarda tour à tour ses interlocutrices.

— Je crois que je vais commencer par vous, murmura-t-il en s'arrêtant à Mme Marton.

Jenny tressaillit et, une fois de plus, eut envie de dire quelque chose.

— Vous, je vous demande d'attendre dans une autre pièce en compagnie d'un de mes inspecteurs.

Il rappela Janin.

— Vous conduirez madame dans le bureau vert et vous resterez avec elle jusqu'à ce que je vous appelle.

Ce n'était pas la première fois que cela se produisait. Ils avaient l'habitude.

— Bien, patron.

— Janvier n'est toujours pas là ?

— Je crois que j'ai entendu sa voix dans le couloir.

— Dis-lui de venir tout de suite.

Janin s'éloigna avec la belle-sœur, Janvier entra un instant plus tard, s'arrêta, interdit, en reconnaissant Mme Marton assise sur une chaise, une tasse de café à la main.

— Marton est mort, annonça Maigret. Lapointe est sur les lieux. Il a passé la nuit et tu ferais bien d'aller faire la relève.

— Pas d'instructions, patron ?

— Lapointe te donnera la consigne. Si tu prends une voiture, tu arriveras encore avant le Parquet.

— Vous ne viendrez pas ?

— Je ne pense pas.

Les deux portes étaient enfin fermées et il n'y avait plus, dans le bureau, que Maigret et Mme Marton. On aurait dit qu'elle aussi avait attendu ce moment-là et, tandis qu'il restait silencieux devant elle, à tirer sur sa pipe, elle s'animait lentement, sortait peu à peu de sa torpeur, ou plutôt de sa rigidité.

C'était curieux de voir son visage redevenir humain, son teint se colorer légèrement, ses yeux exprimer autre chose que l'attente.

— Vous croyez que je l'ai empoissonné, n'est-ce pas ?

Il prit son temps. Ce n'était pas la première fois que, comme il venait de le faire, il évitait, au moment de la découverte d'un crime, de poser des questions. Il est souvent préférable d'éviter que les gens parlent trop vite, suspects ou témoins, car si, au premier abord, ils se sont prononcés, il leur arrive de s'y tenir ensuite par crainte d'être accusés de mensonge.

Il leur avait donné le temps, sciemment, à l'une comme à l'autre, de réfléchir, de décider de leur attitude et des déclarations qu'elles feraient.

— Je ne crois rien, murmura-t-il enfin. Vous remarquerez que je n'ai pas appelé le sténographe. Je ne prendrai pas note de ce que vous allez me dire. Racontez-moi simplement ce qui s'est passé.

Il savait que son calme, la façon simple dont il lui parlait la déroutaient.

— Commencez, par exemple, par hier au soir.

— Que voulez-vous savoir ?

— Tout.

C'était embarrassant. Elle se demandait par où commencer son histoire et il l'aida quand même un petit peu.

— Vous êtes rentrée chez vous...

— Comme tous les soirs, évidemment.

— A quelle heure ?

— A huit heures. Après la fermeture du magasin, j'ai pris l'apéritif dans un bar de la rue Castiglione.

— Avec M. Harris ?
— Oui.
— Ensuite ?
— Mon mari était rentré avant moi. Ma sœur aussi était à la maison. Nous nous sommes mis à table.
— C'est votre sœur qui avait préparé le dîner ?
— Comme toujours.
— Vous mangez en bas, dans le *living-room* qui sert à la fois d'atelier et de chambre à coucher à votre mari ?
— Depuis quelques mois, il avait décidé d'y dormir.
— Combien de mois ?
Elle compta mentalement. Ses lèvres remuaient.
— Huit mois, dit-elle enfin.
— Qu'est-ce que vous avez mangé ?
— D'abord de la soupe... La même que la veille... Jenny prépare toujours la soupe pour deux jours... Ensuite du jambon et de la salade, du fromage et des poires...
— Du café ?
— Non ne prenons jamais de café le soir.
— Vous n'avez rien remarqué d'anormal ?
Elle hésita, le regardant droit dans les yeux.
— Cela dépend de ce que vous appelez anormal. Je ne sais pas trop que vous dire, car je soupçonne qu'il y a certaines choses que vous connaissez mieux que moi. La preuve, c'est qu'il y avait un inspecteur à la porte. Avant de passer à table, je suis montée pour me débarrasser de mon manteau et me

mettre en pantoufles. J'ai su ainsi que ma sœur était sortie et qu'elle venait seulement de rentrer.

— Comment l'avez-vous su ?

— Parce que j'ai ouvert la porte de sa chambre et que j'ai vu des chaussures encore mouillées. Son manteau aussi était humide.

— Qu'alliez-vous faire dans sa chambre ?

— Justement m'assurer qu'elle était sortie.

— Pourquoi ?

Toujours sans détourner les yeux, elle répondit :

— Pour savoir.

— Jenny a débarrassé la table ?

— Oui.

— C'est toujours elle qui la débarrasse ?

— Elle tient à payer sa quote-part en s'occupant du ménage.

— C'est elle aussi qui fait la vaisselle ?

— Parfois, mon mari l'aide.

— Pas vous ?

— Non.

— Continuez.

— Elle a préparé de la tisane, comme les autres soirs. C'est elle qui nous a donné l'habitude de la tisane, le soir.

— Du tilleul ? De la camomille ?

— Non. De l'anis étoilé. Ma sœur a le foie paresseux. Depuis les États-Unis, elle prend tous les soirs une tasse d'anis étoilé et mon mari a voulu essayer, puis moi. Vous savez comment ça va...

— Elle a apporté les tasses sur un plateau ?

— Oui.

— Avec la théière ?

— Non. Elle remplissait les tasses dans la cuisine et venait ensuite poser le plateau sur la table.

— Qu'est-ce que votre mari faisait à ce moment-là ?

— Il cherchait un poste à la radio.

— De sorte, si je revois bien la pièce, qu'il vous tournait le dos ?

— Oui.

— Que faisiez-vous ?

— Je venais d'ouvrir un magazine.

— Près de la table ?

— Oui.

— Et votre sœur ?

— Elle est retournée dans la cuisine pour commencer la vaisselle. Je sais où vous voulez en venir, mais je vous dirai la vérité quand même. Je n'ai versé aucun produit dans les tasses, ni dans celle de mon mari ni dans les autres. Je me suis contentée d'une précaution que je prends depuis quelque temps chaque fois que c'est possible.

— Laquelle ?

— De tourner discrètement le plateau, de façon que la tasse qui m'est destinée se trouve devenir celle de mon mari ou de ma sœur.

— Et, hier soir, votre tasse est devenue... ?

— Celle de mon mari.

— Il l'a prise ?

— Oui. Il l'a emportée avec lui puis l'a posée sur la radio...

— Vous n'avez, à aucun moment, quitté la pièce ? Il n'a pas pu y avoir d'autre substitution ?

— Je pense à cela depuis près de deux heures.

— A quelle conclusion êtes-vous arrivée ?

— Avant que ma sœur apporte le plateau, mon mari s'est rendu dans la cuisine. Jenny le niera probablement, mais c'est la vérité.

— Qu'est-il allé y faire ?

— Soi-disant, voir si ses lunettes n'y étaient pas. Il porte des lunettes pour lire. Il en a besoin aussi pour voir le cadran de la radio. Du studio, on entend tout ce qui se dit dans la cuisine. Il n'a pas parlé à ma sœur, est revenu presque tout de suite et a trouvé ses lunettes près du train électrique.

— C'est à cause de cette visite à la cuisine que vous avez changé les tasses de place ?

— Peut-être. Pas nécessairement. Je vous ai dit que cela m'arrive fréquemment.

— Parce que vous craignez qu'il vous empoisonne ?

Elle le regarda sans répondre.

— Que s'est-il passé ensuite ?

— Rien de différent des autres soirs. Ma sœur est venue boire sa tisane et est retournée dans la cuisine. Xavier a écouté un programme tout en réparant un petit moteur électrique qu'il destinait à Dieu sait quoi.

— Et vous avez lu ?

— Pendant une heure ou deux. Il était environ dix heures quand je suis montée.

— La première ?

— Oui.

— Que faisait votre sœur à ce moment-là ?

— Elle préparait le lit de mon mari.

— Vous aviez l'habitude de les laisser seuls ?

— Pourquoi pas ? Qu'est-ce que cela aurait changé ?

— Vous croyez qu'ils en profitaient pour s'embrasser ?

— Cela m'est égal.

— Avez-vous des raisons de croire que votre mari était l'amant de votre sœur ?

— J'ignore s'ils étaient amants. J'en doute. Il se comportait avec elle comme un amoureux de dix-sept ans.

— Pourquoi venez-vous de dire : *j'en doute* ?

Elle ne répondit pas immédiatement. Le regard de Maigret insistait. Elle finit par répondre à sa question par une autre question.

— Pourquoi pensez-vous que nous n'avons pas d'enfant ?

— Parce que vous n'en vouliez pas.

— Cela, c'est ce qu'il vous a dit, n'est-ce pas ? Et c'est probablement ce qu'il racontait à ses collègues. Un homme n'aime pas avouer qu'il est pratiquement impuissant.

— C'était le cas ?

Elle fit oui de la tête, non sans lassitude.

— Voyez-vous, Monsieur le Commissaire, il y a encore beaucoup de choses que vous ignorez. Xavier vous a fourni sa version de notre vie. Lorsque je suis venue vous voir, je ne me suis pas donnée la peine, moi, d'entrer dans les détails. Il s'est produit cette nuit des événements que je ne comprends pas et je sais que, quand je vous les raconterai, vous ne me croirez pas.

Il ne la bousculait pas. Il tenait, au contraire, à lui donner tout le temps de parler, et même de peser ses phrases.

— J'ai entendu le médecin, tout à l'heure, affirmer que Xavier a été empoisonné. C'est peut-être vrai. Mais, moi aussi, je l'ai été.

Il ne put s'empêcher de tressaillir, de la regarder avec plus d'acuité.

— Vous avez été empoisonnée ?

Un souvenir lui revenait, qui l'inclinait à la croire : les taches, déjà séchées, sur la faïence du cabinet et sur le carrelage.

— Je me suis réveillée vers le milieu de la nuit avec d'horribles brûlures d'estomac. Lorsque je me suis levée, j'ai été surprise de me sentir les jambes molles, la tête vide. Je me suis précipitée vers la salle de bains et je me suis enfoncé deux doigts dans la bouche afin de vomir. Je m'excuse si ce n'est pas ragoûtant. C'était comme du feu, avec un arrière-goût que je reconnaîtrais entre mille.

— Vous avez alerté votre sœur, votre mari ?

— Non. Peut-être m'ont-ils entendue, car j'ai fait fonctionner plusieurs fois la chasse d'eau. A deux reprises, je me suis lavé l'estomac, rejetant chaque fois un liquide qui gardait le même arrière-goût.

— Vous n'avez pas eu l'idée d'appeler un médecin ?

— A quoi bon ? Du moment que je m'y étais prise à temps...

— Vous vous êtes recouchée ?

— Oui.

— Vous n'avez pas été tentée de descendre ?

— J'ai seulement écouté. J'ai entendu Xavier qui se retournait dans son lit comme s'il avait un sommeil agité.

— Vous vous rendez compte que c'est sa tasse que vous avez bue ?

— Je le suppose.

— Vous affirmez toujours que vous avez changé les tasses de place sur le plateau ?

— Oui.

— Et, ensuite, vous n'avez plus quitté ce plateau des yeux? Votre mari, ou votre sœur, n'ont pas pu procéder à une nouvelle substitution ?

— Ma sœur se tenait dans la cuisine.

— Votre mari a donc bien pris la tasse qui vous était destinée ?

— Il faut le croire.

— Ce qui revient à dire que c'est votre sœur qui a tenté d'empoisonner votre mari ?

— Je ne sais pas

— Ou encore, puisque votre mari a été empoisonné aussi, qu'elle a voulu vous empoisonner tous les deux ?

Elle répéta :

— Je ne sais pas.

Ils se regardèrent longuement en silence. En fin de compte, ce fut Maigret qui rompit le contact et alla se camper devant la fenêtre où, en regardant la Seine couler sous la pluie, il bourra une nouvelle pipe.

CHAPITRE VIII

UNE TACHE SUR LE PLATEAU

Le front contre la vitre froide, comme quand il était petit et qu'il l'y maintenait jusqu'à ce que la peau devienne blanche, et qu'il sente des aiguilles dans sa tête, Maigret, sans le savoir, suivait des yeux les mouvements de deux ouvriers qui, de l'autre côté de la Seine, travaillaient sur un échafaudage.

Quand il se retourna, son visage avait une expression résignée et, se dirigeant vers son bureau pour y reprendre sa place, il dit, le faisant exprès de ne pas regarder Gisèle Marton :

— Vous avez encore quelque chose à me dire ?

Elle n'hésita pas longtemps et, quand elle parla, il ne put éviter de lever la tête, car elle prononçait d'une voix calme, mesurée, sans défi et comme sans accablement :

— J'ai vu mourir Xavier.

Savait-elle quelle impression elle produisait ainsi sur le commissaire ? Se rendait-elle compte qu'elle lui inspirait une admiration involontaire, technique, en quelque sorte ? Il ne se souvenait pas d'avoir vu, dans ce bureau où tant de gens avaient défilé, un être doué d'autant de lucidité et de sang-froid. Il ne se souvenait pas non plus de quelqu'un d'aussi *détaché*.

On ne sentait, chez elle, aucune vibration humaine. Il n'y avait pas de faille.

Les coudes sur son sous-main, il soupira :

— Racontez.

— Je m'étais recouchée et j'avais de la peine à me rendormir. J'essayais de comprendre, sans y parvenir, ce qui était arrivé. Je n'avais plus une notion réelle du temps qui s'écoulait. Vous savez comment cela se passe. On a l'impression de suivre une pensée continue, mais, en réalité, il y a des trous. J'ai dû m'assoupir à plusieurs reprises. Une ou deux fois, il m'a semblé qu'il y avait du bruit en bas, le bruit que faisait mon mari en se retournant brusquement dans son lit. C'est tout au moins ce que j'ai pensé.

« Une fois, j'en suis sûre, j'ai surpris un gémissement et je me suis dit qu'il avait des cauchemars. Ce n'était pas la première fois qu'il parlait et se débattait dans son sommeil. Il m'a raconté que, gamin, il était somnambule, et cela lui est arrivé plusieurs fois avec moi. »

Elle continuait à choisir ses mots, sans plus d'émotion que si elle racontait une histoire.

— A un moment donné, j'ai entendu un bruit plus fort, comme si quelque chose de lourd tombait sur le plancher. J'ai hésité à me lever, prise de peur. L'oreille tendue, j'ai cru percevoir un râle. Alors, je me suis levée, j'ai passé ma robe de chambre et, sans bruit, je me suis dirigée vers l'escalier.

— Vous n'avez pas vu votre sœur ?

— Non.

— Ni entendu du bruit dans sa chambre ? Il n'y avait pas de lumière sous sa porte ?

— Non. Pour voir dans la pièce du bas, il fallait que je descende quelques marches et j'hésitais, consciente d'un danger. Je l'ai fait quand même, à regret. Je me suis penchée.

— Combien de marches avez-vous descendu ?

— Six ou sept. Je ne les ai pas comptées. Il y avait de la lumière dans l'atelier, la lampe de chevet seulement. Xavier était étendu par terre, à mi-chemin à peu près entre son lit et l'escalier en colimaçon. On aurait dit qu'il avait rampé, qu'il essayait de ramper encore. Il était soulevé sur un coude, le coude gauche, et son bras droit était tendu en avant pour saisir le revolver qui se trouvait à une trentaine de centimètres de sa main.

— Il vous a vue ?

— Oui. La tête levée, il me fixait avec haine, le visage défiguré, de la mousse ou de la bave aux lèvres. J'ai compris que, tandis qu'il marchait vers l'escalier, déjà affaibli, son arme à la main, afin de monter me tuer, ses forces l'avaient abandonné, qu'il était tombé et que le revolver avait roulé hors de sa portée.

Les yeux mi-clos, Maigret revoyait l'atelier, l'escalier montant vers le plafond, le corps de Marton tel qu'on l'avait découvert.

— Vous avez continué de descendre ?

— Non. Je suis restée là, incapable de détacher mes yeux de lui. Je ne pouvais pas savoir quelle quantité exacte d'énergie il lui restait. J'étais fascinée.

— Combien de temps a-t-il mis à mourir ?

— Je ne sais pas. Il essayait tout à la fois d'attraper l'arme et de parler, de me crier sa haine ou des menaces. En même temps, il avait peur que je descende, que je m'empare du revolver avant lui et que je tire. C'est sans doute en partie la raison pour laquelle je ne suis pas descendue. Je ne sais pas au juste. Je ne réfléchissais pas. Il haletait. Des spasmes le secouaient. J'ai cru qu'il allait vomir, lui aussi. Puis il a poussé un hurlement, son corps a été secoué à plusieurs reprises, ses mains se sont crispées et enfin, soudain, il est resté immobile.

Sans détourner le regard, elle ajouta :

— J'ai compris que c'était fini.

— C'est alors que vous êtes descendue pour vous assurer qu'il était mort ?

— Non. Je savais qu'il l'était. J'ignore pourquoi c'était pour moi une certitude. Je suis remontée dans ma chambre et je me suis assise au bord de mon lit. J'avais froid. J'ai mis la couverture sur mes épaules.

— Votre sœur n'avait toujours pas quitté sa chambre ?

— Non.

— Pourtant, vous venez de dire qu'il a poussé un hurlement.

— C'est exact. Elle l'a sûrement entendu.

Elle ne pouvait pas ne pas l'entendre, mais elle est restée dans son lit.

— L'idée ne vous est pas venue d'appeler un médecin ? Ni de téléphoner à la police ?

— S'il y avait eu le téléphone dans le pavillon, je l'aurais peut-être fait. Je n'en suis pas sûre.

— Quelle heure était-il ?

— Je l'ignore. Je n'ai pas pensé à regarder mon réveil. J'essayais toujours de comprendre.

— Si vous aviez eu le téléphone, n'est-ce pas votre ami Harris que vous auriez alerté ?

— Certainement pas. Il est marié.

— Vous ignorez donc, même approximativement, le temps qui s'est écoulé entre l'instant où vous avez vu votre mari mourir et celui où, vers six heures du matin, vous êtes allée téléphoner chez la concierge ? Est-ce une heure ? Deux heures ? Trois heures ?

— Plus d'une heure, j'en jurerais. Moins de trois.

— Vous vous attendiez à être accusée ?

— Je ne me faisais pas d'illusions.

— Et vous vous demandiez ce que vous alliez répondre aux questions qu'on vous poserait.

— C'est possible. Sans m'en rendre compte. J'ai beaucoup pensé. Puis j'ai entendu le bruit familier des poubelles qu'on traînait dans une cour voisine et je suis descendue.

— Toujours sans rencontrer votre sœur ?

— Oui. Au passage, j'ai touché la main de mon mari. Elle était déjà froide. J'ai cherché votre numéro de téléphone à l'annuaire, et, ne le trouvant pas, j'ai appelé Police-Secours en demandant qu'on vous avertisse.

— Après quoi vous êtes rentrée chez vous ?

— De la cour, j'ai vu de la lumière dans la chambre de ma sœur. Quand j'ai poussé la porte, Jenny descendait l'escalier.

— Elle avait déjà vu le corps ?

— Oui.

— Elle n'a rien dit ?

— Elle aurait peut-être parlé si on n'avait presque tout de suite frappé à la porte. C'était votre inspecteur.

Elle ajouta après une pause.

— S'il reste un peu de café...

— Il est froid.

— Cela ne fait rien.

Il le lui servit, s'en servit aussi une tasse. Au-delà de la porte, de la fenêtre, la vie continuait, celle de tous les jours, la vie telle que les hommes l'ont organisée pour se rassurer.

Ici, entre les quatre murs, c'était un autre monde que l'on sentait palpiter derrière les phrases, derrière les mots, un monde obscur et inquiétant, où pourtant la jeune femme semblait évoluer à son aise.

— Vous avez aimé Marton ? questionna Maigret à mi-voix, presque malgré lui.

— Non. Je ne crois pas.

— Pourtant, vous l'avez épousé.

— J'avais vingt-huit ans. J'étais écœurée par tous les essais que j'avais faits.

— Vous aviez envie de respectabilité ?

Elle ne se montra pas froissée.

— De calme, en tout cas.

— Avez-vous choisi Marton de préférence à d'autres parce qu'il était plus malléable ?

— Peut-être inconsciemment.

— Vous saviez déjà qu'il était à peu près impuissant ?

— Oui. Ce n'est pas ça que je cherchais.

— Dans les premiers temps, vous étiez heureuse avec lui ?

— C'est un grand mot. Nous nous entendions assez bien.

— Parce qu'il faisait ce que vous vouliez ?

Elle feignait de ne pas s'apercevoir de l'agressivité qui vibrait dans la voix du commissaire, ni de la façon dont il la regardait.

— Je ne me suis pas posé la question.

Rien ne la désarçonnait, et pourtant elle commençait à trahir quelque lassitude.

— Lorsque vous avez rencontré Harris, ou, si vous préférez, Maurice Schwob, vous l'avez aimé ?

Elle réfléchit, avec une sorte d'honnêteté, comme si elle tenait à être précise.

— Vous employez toujours ce mot-là. D'abord Maurice pouvait changer ma situation, et je n'ai jamais considéré que ma place était derrière le comptoir d'un grand magasin.

— Il est devenu tout de suite votre amant ?

— Cela dépend de ce que vous entendez par tout de suite. Quelques jours, si je me souviens bien. Nous n'y avons attaché d'importance ni l'un ni l'autre.

— Vos relations étaient plutôt établies sur le plan des affaires ?

— Si vous voulez. Je sais qu'entre deux hypothèses, vous choisirez la plus salissante. Je dirais plutôt que Maurice et moi nous sommes sentis d'une même espèce...

— Parce que vous aviez les mêmes ambitions. L'idée ne vous est jamais venue de divorcer pour l'épouser?

— A quoi bon? Il est marié, à une femme plus âgée que lui, qui a de la fortune et grâce à qui il a pu monter l'affaire de la rue Saint-Honoré. Pour le reste...

Elle laissait entendre que le reste avait si peu d'importance!

— Quand avez-vous commencé à soupçonner votre mari d'avoir l'esprit dérangé? Car vous avez eu cette impression, n'est-ce pas?

— Ce n'est pas une impression. C'est une certitude. Dès le début, je savais qu'il n'était pas tout à fait comme un autre. Il avait des périodes d'exaltation, pendant lesquelles il parlait de ses travaux comme l'aurait fait un homme de génie, et d'autres au cours desquelles il se plaignait de n'être qu'un raté dont chacun se moquait.

— Y compris vous.

— Bien entendu. Je crois savoir qu'il en est toujours ainsi. Pendant ces dernières périodes, il se montrait sombre, anxieux, m'observait avec méfiance, pour, soudain, au moment où je m'y attendais le moins, éclater en reproches. D'autres fois, au contraire, il procédait par insinuations.

— Cela ne vous donnait pas l'envie de le quitter?

— Je pense que j'en avais pitié. Il était malheureux. Lorsque ma sœur est arrivée des États-Unis, en grand deuil, jouant les veuves inconsolables, il a commencé par la bouder. Elle dérangeait ses habitudes et il ne le lui pardonnait pas, restait des jous entiers sans lui adresser la parole.

« Je me demande encore comment elle s'y est prise. Ce qui lui a réussi, c'est sans doute de s'être donné des airs d'épave.

« Ainsi, il avait enfin sous la main quelqu'un de plus faible que lui. Du moins, le pensait-il. Vous comprenez ? Avec ma sœur, il avait l'impression d'être un homme, un être solide, supérieur... »

— Vous n'avez toujours pas eu l'idée de divorcer pour leur laisser le champ libre ?

— Ils auraient quand même été malheureux ensemble, car ma sœur, en réalité, n'est pas une pâte molle. Au contraire.

— Vous la détestez ?

— Nous ne nous sommes jamais aimées.

— Pourquoi, dans ce cas, l'avoir recueillie sous votre toit.

— Parce qu'elle s'y est imposée.

Si Maigret se sentait un poids sur les épaules, et comme un mauvais goût dans la bouche c'est qu'il sentait que tout cela était vrai.

La vie, dans le pavillon de l'avenue de Châtillon, se passait bien dans l'atmosphère que Mme Marton décrivait en quelques phrases et il pouvait imaginer les soirées quasi-silencieuses au cours desquelles chacun restait enfermé dans sa haine.

— Qu'est-ce que vous espériez ? Que cela ne durerait plus longtemps ?

— Je suis allée voir un médecin.

— Steiner ?

— Non. Un autre. Je lui ai tout raconté.

— Il ne vous a pas conseillé de demander l'internement de votre mari ?

— Il m'a conseillé d'attendre, me disant que les symptômes. n'étaient pas encore assez précis, qu'une crise plus violente ne tarderait pas à se produire...

— De sorte que vous prévoyiez cette crise et que vous vous teniez sur vos gardes ?

Elle haussa imperceptiblement les épaules.

— Ai-je répondu à toutes vos questions ? prononça-t-elle après un silence.

Maigret cherchait, ne voyait plus rien à lui demander, car il ne restait guère de points obscurs.

— Lorsque vous vous êtes arrêtée dans l'escalier et que vous avez vu votre mari par terre, vous n'avez pas été tentée de vous porter à son secours ?

— J'ignorais s'il ne lui restait pas assez d'énergie pour saisir le revolver...

— Vous êtes persuadée que votre sœur était au courant de tout ce que vous venez de me dire ?

Elle le regarda sans répondre.

A quoi bon continuer ? Il aurait aimé la mettre en contradiction avec elle-même. Il aurait aimé l'accuser. Elle ne donnait aucune prise. Elle ne se dérobait pas non plus.

— Je suppose, murmura-t-il, lançant une dernière flèche, que vous n'avez jamais eu l'intention de vous débarrasser de votre mari ?

— En le tuant ?

Elle marquait la distinction entre tuer et le faire interner. Comme il disait oui, elle déclara simplement :

— Si j'avais dû le supprimer, je n'aurais rien laissé au hasard et je ne serais pas ici.

C'était toujours vrai. Si quelqu'un était capable de commettre un crime parfait, c'était cette femme-là.

Malheureusement, elle n'avait pas tué Marton et, après avoir rallumé sa pipe en la regardant avec rancune, Maigret se leva pesamment, le corps et l'esprit engourdis, se dirigea vers la porte du bureau des inspecteurs.

— Qu'on m'appelle le 17, avenue de Châtillon... La loge de la concierge... Janvier est dans le pavillon, au fond de la cour... Je voudrais lui parler à l'appareil...

Il revint à sa place et, tandis qu'il attendait, elle se mettait un peu de poudre sur le visage, comme elle l'aurait fait au théâtre pendant l'entracte. La sonnerie finit par retentir.

— Janvier? ...Je voudrais que, sans raccrocher, tu ailles dans le pavillon et que tu examines attentivement un plateau qui doit se trouver dans la cuisine...

Il se tourna vers Gisèle Marton.

— Un plateau rond ou un plateau carré?

— Un plateau rectangulaire, en bois.

— Un plateau en bois, rectangulaire, assez grand pour y poser trois tasses et trois soucoupes... Ce que je désire savoir, c'est s'il existe une marque quelconque, une égratignure, n'importe quel signe qui permette de savoir si on place le plateau dans un sens ou dans l'autre... Tu vois ce que je veux dire?... Un instant... Les experts sont toujours là?... Bon...! Demande-leur de s'occuper d'un flacon qui se trouve dans le placard aux balais et qui contient une poudre blanchâtre... qu'ils relèvent les empreintes digitales...

Janvier put répondre tout de suite à la seconde question.

— Il n'y a pas d'empreintes. Ils l'ont déjà étudié. Le flacon a été essuyé avec un chiffon humide, légèrement gras, sans doute un torchon à vaisselle.

— Le parquet est déjà arrivé ?

— Oui. Le juge d'instruction n'est pas content.

— Parce que je ne l'ai pas attendu ?

— Surtout parce que vous avez emmené les deux femmes.

— Dis-lui que, lorsqu'il arrivera à son cabinet, ce sera sans doute fini. Quel juge est-ce ?

— Coméliau.

Les deux hommes ne pouvaient pas se sentir.

— Va vite voir le plateau. Je reste à l'appareil.

Il entendit la voix de Gisèle Marton, à qui il ne faisait plus attention.

— Si vous me l'aviez demandé, je vous aurais renseigné. Il y a une marque. Elle n'a pas été faite exprès. C'est le vernis qui a formé une cloque, sur un des petits côtés du rectangle.

Quelques instants plus tard, en effet, Janvier, un peu essoufflé, lui disait :

— Il y a une boursouflure dans le vernis.

— Je te remercie. Rien d'autre ?

— Dans la poche de Marton, on a trouvé un bout de papier froissé qui a contenu du phosphure de zinc.

— Je sais.

Pas que le papier serait dans la poche du mort, mais qu'on le retrouverait quelque part dans la pièce.

Il raccrocha.

— Quand vous avez vu votre mari se rendre dans la cuisine, vous vous êtes doutée de ce qu'il était allé faire, n'est-ce pas ? C'est pour cela que vous avez changé les tasses de place ?

— Je les changeais chaque fois que j'en avais l'occasion.

— Il lui arrivait de les changer aussi ?

— C'est exact. Seulement, hier soir, il n'a pas pu, car je n'ai pas quitté le plateau des yeux.

Boulevard Richard-Lenoir, aussi il y avait un plateau, pas en bois, mais en plaqué argent qui était un cadeau de noces. La tasse de Maigret et celle de sa femme étaient les mêmes sauf que celle du commissaire avait une fêlure à peine visible.

Or, ils ne se trompaient jamais. Lorsque Mme Maigret posait le plateau sur le guéridon, près du fauteuil de son mari, celui-ci était sûr que sa tasse à lui était de son côté, à portée de sa main.

Il s'était levé une fois de plus. Mme Marton le suivait des yeux, curieuse, mais sans angoisse.

— Vous voulez venir un instant, Lucas ? Trouvez un bureau vide, n'importe lequel, et allez-y avec elle. Restez-y jusqu'à ce que je vous appelle. En passant, dites qu'on m'amène la belle-sœur.

Mme Marton suivit l'inspecteur sans poser une seule question au commissaire. Celui-ci, une fois seul, ouvrit son placard, saisit la bouteille de cognac qu'il y gardait, moins pour lui que pour certains de ses clients qui en avaient parfois besoin, en versa un fond dans le verre à eau,

Quand on frappa à la porte, il refermait celle du placard et il n'eut que le temps de s'essuyer les lèvres.

— Entrez!

On introduisait Jenny, qui avait le visage blafard, boursouflé, avec des marques rouges, de quelqu'un qui a pleuré.

— Asseyez-vous.

La chaise que sa sœur avait occupée était encore chaude. Jenny regardait autour d'elle, déroutée de se trouver seule avec le commissaire.

Il restait debout, tournant en rond, ne sachant comment attaquer, et enfin, se campant devant elle, prononçait :

— Quel avocat choisissez-vous?

Elle leva brusquement la tête, les yeux agrandis, humides. Ses lèvres remuaient, mais elle ne parvenait pas à parler.

— Je préfère vous questionner en présence de votre avocat, de sorte que vous n'ayez pas l'impression que je vous prends en traître.

Elle finit par balbutier, des larmes sur les joues :

— Je ne connais pas d'avocat.

Il prit, dans les rayons de la bibliothèque, un annuaire du Barreau et le lui tendit.

— Choisissez dans cette liste.

Elle secouait la tête.

— A quoi bon?

Il aurait tellement préféré que ce soit l'autre!

— Vous avouez?

Elle faisait signe que oui, cherchait son mouchoir dans son sac, se mouchait sans coquetterie et son nez devenait encore plus rouge.

— Vous admettez que vous avez eu l'intention d'empoisonner votre sœur ?

Alors, elle éclata en sanglots.

— Je ne sais plus.. Ne me torturez pas... J'ai hâte que tout soit fini...

Des hoquets la secouaient. L'idée ne lui venait pas de cacher son visage mouillé.

— Vous aimiez votre beau-frère ?

— Je ne sais pas. Je ne sais plus. Je suppose que oui...

Ses yeux suppliaient.

— Faites que cela aille vite, commissaire!... Je n'en peux plus...

Et, maintenant qu'il savait, il prenait au plus court. Il lui arriva même, en passant, de toucher de la main l'épaule de la jeune femme, comme s'il comprenait qu'elle avait besoin d'un contact humain.

— Vous vous rendiez compte que Xavier n'était pas comme un autre ?

Elle faisait oui. Elle faisait non. Elle se débattait avec des problèmes trop compliqués pour elle, criait enfin :

— C'était elle qui ne le comprenait pas et qui le rendait fou...

— Exprès ?

— Je ne sais pas. Il avait besoin...

Les mots venaient mal.

— J'ai essayé...

— De le rassurer ?

— Vous ne pouvez pas savoir dans quelle atmosphère nous vivions... Il n'y avait que quand nous étions seuls, lui et moi... Car, avec moi, il se sentait bien, confiant...

— Quand il vous a rejointe sur le quai, hier au soir, vous a-t-il annoncé qu'il devait venir passer un test ce matin ?

Surprise que Maigret soit au courant, elle resta un moment à le regarder bouche bée.

— Répondez... J'essaie, moi aussi, de vous délivrer le plus vite possible...

Ce mot-là, elle le comprit. Elle ne se figura pas que le commissaire parlait de la remettre en liberté, mais bien de la délivrer d'elle-même, en quelque sorte.

— Il me l'a dit, admit-elle à regret.

— Cela lui faisait peur ?

Elle dit oui, en reniflant, ajouta, à nouveau sur le point de pleurer :

— Il se figurait qu'elle avait gagné...

Le choix des mots trahissait le désordre de sa pensée.

— Car c'est elle qui l'a poussé à tout ça... Elle avait prévu qu'il trouverait le poison, qu'il se ferait des idées...

— Il la haïssait ?

Elle le fixa avec crainte, sans oser répondre.

— Et vous aussi, n'est-ce pas, vous vous êtes mise à haïr votre sœur. ?

Elle secouait la tête. Cela ne voulait dire ni oui ni non. Elle essayait plutôt ainsi de chasser le cauchemar.

— Hier.au soir, en sortant d'ici, poursuivait Maigret, Marton se figurait qu'après l'examen médical on ne lui rendrait pas la liberté... Il ne lui restait donc qu'un soir... C'était sa dernière chance...

Le comportement du vendeur de jouets

pouvait paraître incohérent, mais n'en possédait pas moins une certaine logique, et Maigret commençait à comprendre certains passages du traité de psychiatrie. Seulement, ce que l'auteur du livre exposait en termes ardus, avec des phrases compliquées, n'était en fin de compte que de l'humain.

— Quand il s'est rendu à la cuisine alors que vous y étiez...

Elle frissonna, avec l'envie de le faire taire.

— La tisane était déjà dans les tasses ?

Il en était sûr, n'avait pas besoin de réponse.

— Vous ne l'avez pas vu verser la poudre ?

— Je lui tournais le dos. Il a ouvert le tiroir aux couverts et a pris un couteau. J'ai entendu le bruit des couteaux...

— Et vous avez cru qu'il n'avait pas le courage de verser le poison ?

Maigret revoyait le couteau, à manche de bois sombre, près de la radio sur laquelle était posé un catalogue.

Sous le regard lourd du commissaire, Jenny se débattait encore un peu avant de gémir :

— J'ai eu pitié...

Il aurait pu lui répliquer :

— Pas de votre sœur, en tout cas!

Et elle continuait :

— J'étais sûre qu'on allait l'interner, que Gisèle avait gagné la partie... Alors...

— Alors, vous avez saisi le flacon de phosphure et vous en avez versé une bonne dose dans la tasse de votre sœur. Vous avez eu la présence d'esprit d'essuyer le flacon.

— J'avais une serviette mouillée à la main.

— Vous vous êtes assurée que la tasse destinée à votre sœur était du bon côté du plateau.

— Je vous en supplie, commissaire!... Si vous saviez la nuit que j'ai passée...

— Vous avez tout entendu ?

Comment aurait-elle pu ne pas entendre ?

— Et vous n'êtes pas descendue ?

— J'avais trop peur.

Elle en tremblait rétrospectivement et c'est pour elle qu'il alla ouvrir à nouveau le placard.

— Buvez.

Elle obéit, s'étrangla, faillit rejeter le cognac qui lui brûlait la gorge.

On la sentait arrivée à un point où elle était tentée de se coucher par terre et de rester immobile sans plus rien vouloir entendre.

— Si seulement votre beau-frère vous avait tout dit...

Ramassée sur elle-même, elle se demandait ce qu'elle allait encore apprendre.

Et Maigret, qui se souvenait des paroles que Xavier Marton avait prononcées dans ce même bureau, expliquait :

— Ce n'est pas par le poison qu'il avait l'intention de se débarrasser de sa femme ou de se venger d'elle, mais avec son revolver.

N'avait-il pas failli réussir ? Les psychiatres ne parlent-ils pas de la logique rigoureuse de certains déments ?

C'est dans sa tasse, *à lui*, qu'il avait versé du phosphure tout en remuant les couteaux, si vite que sa belle-sœur, qui lui tournait le dos, avait pu penser qu'il s'était dégonflé au dernier moment.

Il avait mesuré la dose afin d'être assez malade pour expliquer le geste qu'il accomplirait ensuite, mais pas assez pour en mourir. Ce n'était pas sans raison que, depuis des mois, il hantait les bibliothèques publiques, se plongeait dans les traités de médecine et de chimie.

Cette dose-là, c'était Gisèle Marton, en changeant la place des tasses sur le plateau, qui l'avait eue, et elle n'en avait été qu'incommodée.

Tout cela, Jenny ne l'avait-elle pas compris pendant l'interminable nuit qu'elle avait passée dans sa chambre, à épier les bruits de la maison ?

La preuve qu'elle le savait enfin, c'est qu'elle se tassait davantage sur sa chaise, tête basse, et qu'elle balbutiait comme si elle n'avait plus l'énergie d'articuler :

— C'est moi qui l'ai tué...

Il la laissa à sa prostration, évitant de faire du bruit, craignant seulement de la voir rouler par terre, puis enfin, sur la pointe des pieds, il passa dans le bureau des inspecteurs.

— Qu'on la conduise en bas... Doucement... D'abord à l'infirmerie... dit-il.

Il préférait ne pas s'en charger. Planté devant la fenêtre, il ne s'inquiéta même pas de savoir quels inspecteurs se dirigeaient vers son bureau.

Ce n'était pas sa faute. Il ne pouvait pas, dès la première visite de Marton, le conduire chez le psychiatre. Et celui-ci, sans doute, n'aurait pas pris la responsabilité d'un internement.

Il existe, entre la responsabilité et l'irresponsabilité, une zone imprécise, un domaine d'ombres où il est dangereux de s'aventurer.

Deux personnages, au moins, s'y étaient débattus, cependant qu'un troisième...

— Qu'est-ce qu'on fait de l'autre, patron ?

Il tressaillit, se retourna, regardant en homme qui revient de loin le vaste bureau des inspecteurs.

— Qu'elle s'en aille.

Il avait failli prononcer :

— Qu'on la f... dehors.

Il attendait que son bureau à lui soit libre. Alors, il y rentra et, y trouvant un reste d'odeurs étrangères, ouvrit la fenêtre.

Il était en train d'aspirer lprofondément l'air humide quand Lucas dit derrière lui :

— Je ne sais pas si j'ai bien fait. Avant de partir, Mme Marton m'a demandé la permission de donner un coup de téléphone. J'ai dit oui, pensant que cela nous apprendrait peut-être quelque chose.

— Qu'est-ce qu'elle lui a dit ?

— Vous savez à qui elle a parlé ?

— Harris.

— Elle l'appelle Maurice. Elle s'est excusée de n'avoir pas été là pour l'ouverture du magasin. Elle n'a donné aucun détail. Elle a seulement dit :

« — Je vous expliquerai tout à l'heure... »

Maigret referma la fenêtre à laquelle il tourna le dos et Lucas, après l'avoir observé, s'inquiéta :

— Qu'est-ce qu'il y a, patron ?

— Rien. Qu'y aurait-il ? Elle l'a dit et ce n'est pas une femme qui se trompe. Pour le moment, elle est dans un taxi, à tenir un petit miroir devant son nez et à refaire son maquillage...

Il vida sa pipe dans le cendrier.

— Appelle le Parquet et, si Coméliau est rentré, annonce-lui que je vais le voir tout de suite.

Pour lui, c'était fini. Le reste regardait les juges, et il n'avait aucune envie d'être à leur place.

FIN

Noland, le 16 décembre 1957.

TABLE DES MATIÈRES

OUVRAGES DE GEORGES SIMENON

AUX PRESSES DE LA CITÉ (suite)

« TRIO »

I. — La neige était sale — Le destin des Malou — Au bout du rouleau
II. — Trois chambres à Manhattan — Lettre à mon juge — Tante Jeanne
III. — Une vie comme neuve — Le temps d'Anaïs — La fuite de Monsieur Monde
IV. — Un nouveau dans la ville — Le passager clandestin — La fenêtre des Rouet
V. — Pedigree
VI. — Marie qui louche — Les fantômes du chapelier — Les quatre jours du pauvre homme
VII. — Les frères Rico — La jument perdue — Le fond de la bouteille
VIII. — L'enterrement de M. Bouvet — Le grand Bob — Antoine et Julie

PRESSES POCKET

Monsieur Gallet, décédé
Le pendu de Saint-Pholien
Le charretier de la Providence
Le chien jaune
Pietr-le-Letton
La nuit du carrefour
Un crime en Hollande
Au rendez-vous des Terre-Neuvas
La tête d'un homme
La danseuse du gai moulin
Le relais d'Alsace
La guinguette à deux sous
L'ombre chinoise
Chez les Flamands
L'affaire Saint-Fiacre
Maigret
Le fou de Bergerac
Le port des brumes
Le passager du « Polarlys »
Liberty Bar
Les 13 coupables
Les 13 énigmes
Les 13 mystères
Les fiançailles de M. Hire
Le coup de lune
La maison du canal
L'écluse nº 1
Les gens d'en face
L'âne rouge
Le haut mal
L'homme de Londres

A LA N.R.F.

Les Pitard
L'homme qui regardait passer les trains
Le bourgmestre de Furnes
Le petit docteur
Maigret revient
La vérité sur Bébé Donge
Les dossiers de l'Agence O
Le bateau d'Émile
Signé Picpus
Les nouvelles enquêtes de Maigret
Les sept minutes
Le cercle des Mahé
Le bilan Malétras

ÉDITION COLLECTIVE SOUS COUVERTURE VERTE

I. — La veuve Couderc — Les demoiselles de Concarneau — Le coup de vague — Le fils Cardinaud
II. — L'Outlaw — Cour d'assises — Il pleut, bergère... — Bergelon
III. — Les clients d'Avrenos — Quartier nègre — 45° à l'ombre
IV. — Le voyageur de la Toussaint — L'assassin — Malempin
V. — Long cours — L'évadé
VI. — Chez Krull — Le suspect — Faubourg
VII. — L'aîné des Ferchaux — Les trois crimes de mes amis
VIII. — Le blanc à lunettes — La maison des sept jeunes filles — Oncle Charles s'est enfermé
IX. — Ceux de la soif — Le cheval blanc — Les inconnus dans la maison
X. — Les noces de Poitiers — Le rapport du gendarme G. 7
XI. — Chemin sans issue — Les rescapés du « Télémaque » — Touristes de bananes
XII. — Les sœurs Lacroix — La mauvaise étoile — Les suicidés
XIII. — Le locataire — Monsieur La Souris — La Marie du Port
XIV. — Le testament Donadieu — Le châle de Marie Dudon — Le clan des Ostendais

SÉRIE POURPRE

Le voyageur de la Toussaint
La maison du canal
La Marie du port

Achevé d'imprimer le 9 octobre 1979
sur les presses de l'Imprimerie Bussière
à Saint-Amand (Cher)

— N° d'édit. 1031. — N° d'imp. 1184. —
Dépôt légal : 3e trimestre 1967.
Imprimé en France